侯爵令嬢の嫁入り　二
～その運命は契約結婚から始まる～

七沢ゆきの

富士見Ｌ文庫

目次

「わたしは、一人ではない」
そう思うようになったのはいつからでしょうか。
庭に開く桜がひらひらと散ります。
その先に幻のようにうつるあなたのお姿。
わたしはてのひらを胸に押し当てます。
あの日、あなたを諦めないでよかった。
つないだ指先のあたたかさ、ともに過ごす時の大切さ、すべてはかけがえのないもの。
あなたが振り向きます。わたしに手を振ってくださいます。
わたしも手を振り返しながら願います。
どうか――。
どうか、あなたも、そうでありますように。

序章　二人の春

土岐宮《ときみや》伯爵家の台所。

もうすっかり体に馴染《なじ》んだその場所で、雛《ひな》は窓辺に腰かけていた。

大皿に放射状に並べられた焼き菓子と、青く澄んだ空を交互に眺めていた雛の黒髪が、ふわり、と舞い上がる。

開け放たれた窓からの風を心地よく感じながら、雛は、そわそわと体を動かした。

今日は雛がなにより楽しみにしている、この屋敷《やしき》の主人とのお茶会の日だ。

「雛さま、お時間です」

まだかしら？　そんな言葉が聞こえてきそうな雛のほっそりした背に、男が声をかける。

男の年のころは雛より年上の二十代半ばか。柔和な顔立ちに、制服のようにも見えるお仕着せがよく似合っている。

彼は上杉圭《うえすぎけい》。若いながら、父親から土岐宮家の執事の職を受け継いだ男だ。

「あ、上杉さん。わたしの準備はできています」

振り向いた雛は、すっかり聞き慣れた圭の呼びかけに答えた。

「こちらもご用意ができております。では、サンルームへご一緒ください」

「はい」

立ち上がった雛は、菓子の載った皿を、圭のそばの銀のワゴンに置く。ワゴンにはそれ以外にも、茶器やポットが丁寧に配置されていた。

ワゴンを押しながら歩く圭の横で歩を進めながら、雛は我知らず微笑《ほほえ》む。

春がこんなに幸せだなんて、初めてだわ。

これまでずっと、春は、わたしに悲しみばかりもたらしてきた。

お父さまとお母さまを奪い、わたしを一人にして——。

でも、もう、違う。

春は、あの方と出会えた季節だから……。

「嬉《うれ》しそうですね、雛さま」

「え、あら、いやだ」

雛が指先をほのかに赤らんだ頬に当てる。

「そんなに顔に出ていましたか？」

「それはもう。見ている私も嬉しくなるくらいです」

「……久しぶりなんです。お会いするの」

そして、ちらりと圭を見上げる。

「上杉さんもご存じでしょう？　ここのところお仕事が立て込んでおられましたから、あの方も雛さまにお会いするのを楽しみに……おっと、これ以上は私の口から申し上げることではございませんね」

そんな圭の発言を聞いて、雛の頬の赤みがさっと際立った。

同時に、きゅっと唇も噛《か》んだけれど、それは悲しみや苦痛によるものではなく、ゆるみかけた口元を見せないようにする、反射のような動きだった。

「う、上杉さんたら……からかわないでくださいな」

「雛さまをからかうなど！　私はいつも真実を述べるのみです」

妹を見る兄のような圭の視線にさらされて、雛の頬はさらに赤くなる。

その頬も、肌が荒れていた昔とは違う。土岐宮の屋敷に来てからは年相応のふっくらとした丸みを取り戻し、今ではすべすべと内側から発光するような輝きをまとっていた。それを見るたびに、圭は、この女主人はここにいて幸福なのだと安堵《あんど》する。

そう、雛は名門華族の小邑《こむら》家を継ぐ女侯爵でありながら、両親を失い、財産を失い、唯一残された自らの屋敷に一人で暮らしていた過去があった。

そのころの雛の呼び名は――『廃屋令嬢』。

けれど、そんな彼女をすくい上げた男がいた。

初めは、雛の持つ侯爵位だけが目当てで結婚をしたその男は、一年の年月を二人で過ごすうちにいくつもの変化を迎え、今では――。

圭の手が、サンルームの扉を開く。

――今では、恐らく雛と同じ方向を見ているのだろう、この土岐宮伯爵家の主……土岐宮鷹《たか》だ。

「鷹さま！」

先にテーブルについていた鷹の姿を見つけ、雛が弾んだ声をあげる。

「雛、待たせたな」

そんな雛を認めた鷹の唇が、ゆるやかな弧を描いた。

長年付き従った執事の圭にも馴染みのない、鷹の優しい微笑みだった。

その微笑に、心臓がとくんと音を立てた気がして、雛は思わず胸元に手を当てる。

見慣れた今でも、魂を奪われそうな鷹の美貌に変わりはない。

大理石と見まごうばかりの白く硬質に張り詰めた肌。その上に位置するのは、鋭い光を宿した、大ぶりだが涼やかな黒の双眸《そうぼう》、そして、すっと伸びた鼻梁《びりょう》と優雅な形の唇だ。

雅《みやび》やかな中にも強さを失わない、フレスコ画の中の貴族めいたそれは、『美』という言葉を形にしたようだった。柔らかな紅茶色の髪も、まるであつらえた額縁のように、形のいいひたいの上にふわりと垂れている。

鷹は、雛を妻にするまでは、冷酷な事業家として知られていた。土岐宮伯爵家の莫大《ばくだい》な財産と権勢を背負い、さらに増やしていく手腕の容赦のなさは華族たちの間でもよく噂《うわさ》にのぼった。その噂は、結婚前の雛の耳にも届いていたほどだ。

ただそれは、彼の生い立ちや目指すものによるところが大きい。

孤独な少年時代と、その後の土岐宮本家の当主を目指す苛烈な道のりは、鷹を否応《いやおう》なく氷の中に閉じ込めた。そして今、その氷を少しずつ溶かしていっているのが雛だ。

なにも持っていなかったはずの雛が両手に抱えていた温かさは、まるで春の日なたのように、鷹を優しく包んでいる。

「鷹さま、雛さま、私はこれで失礼いたします」

「ありがとうございました、上杉さん」

「圭、茶会の後で昨日の合議の資料が見たい。準備しておけ」

「かしこまりました。それでは、のちほど」

ティーセットをテーブルに並べた圭が、二人に一礼をして部屋を出ていく。

改めて、鷹が雛に向き直った。

その隣に立って、ゆったりとした手つきで紅茶を淹《い》れている雛は、いつもとは違い、鷹に見上げられることとなる。

いまだ慣れない、鷹の視線に込められた温度にくすぐったさを感じながら、雛はカップに鷹の好みのニルギリをそそぐ。

高山で採れる茶葉らしい、爽やかな香りがあたりに広がった。それを受け止めるカップは、春らしい野いちご柄のウェッジウッドだ。白と緑と赤で彩られたカップの中に、澄んだ夕焼け色の液体がゆっくりと満ちていく。

作業の手は休めずに、雛が、つんとした花びらのような唇を開いた。

「……そんなにご覧にならないでくださいな」

「なぜ」

「恥ずかしい、です」

「どうして？　きみは鑑賞に値する娘だ」

控えめに伏せられた雛の眼差《まなざ》しを、自らの目で捕まえるようにする鷹に、雛は困惑した様子を見せる。

鷹が雛を「きみ」と呼ぶようになってからしばらくの時間がたった。

その間に、いくつかの事件が起こり、契約でだけ結ばれた、名ばかりの夫婦のはずだった二人は、今では、簡単には名づけることのできない、強い絆《きずな》で結ばれていた。

「わたしなんかより、鷹さまの方がずっと——」

「綺麗《きれい》です」という言葉を呑《の》み込み、雛がようやく鷹の方を見る。

鷹の鮮やかな漆黒の虹彩《こうさい》と、雛の水底のように揺らぐ青色の虹彩が交差した。

そう、雛はこの国の華族にはほとんど存在しないと言っていい、青い瞳の持ち主だった。

雛は長いこと、人とは違うその瞳の色をコンプレックスに思ってきた。それを鷹に「青空のような色だ」と言われたことが、雛を大きく変えたのだ。

「なにを言う。きみは本当に自分の価値を理解していない」

鷹も、まっすぐに雛を見つめ、薄く整った唇を動かす。

「もっとも、それを知るのは私だけでいいのかもしれないな」

強い視線とは正反対の、思いもかけない柔らかな小声で付け加えられて、雛の手がかすかに震えた。

それでも、なんとか最後までニルギリをそそぎ終え、ソーサーを鷹の前に置く。そこに、カップと揃《そろ》いの模様のミルクポットも添え、雛手作りの焼き菓子もサーブし、「ご用意ができました」と告げた。

鷹が鷹揚《おうよう》にうなずき、改めて、雛も席につくように促した。

そして、目の前のカップへと手を伸ばす。

二人の間に流れる、しばらくの沈黙。

けれど、それは雛にとっては快いものだった。今では、鷹と二人でいる静けさは、一人で味わうものとはまったく違う。まるで、胸の奥がすっと整えられるような、あたたかな毛布にくるまれているような、この屋敷に来るまでは知ることのなかった不思議な感覚を雛にもたらす。

無意識のうちに、雛の指先が首筋にかかる銀色の鎖をたどり、その先に位置する大ぶりのサファイアを撫《な》でる。このサファイアの首飾りは雛の両親の形見で、長く雛の叔父に奪われていたものだ。

これを雛の手に取り戻すことは、雛が鷹と結婚する際に交わされた契約の一つでもあった。そうして、紆余曲折《うよきょくせつ》があって雛の元へと戻った首飾りは、それまでと同じく、雛の宝物として、大切に扱われている。

そのときふと雛は、鷹の視線がサファイアに向けられていることに気が付いた。

「どうかなさいまして？」

「いや、きみはもう首飾りを捜さなくていいのだと思ってな」

「ええ。みんな鷹さまのおかげです」

雛が微笑みながらサファイアを軽く握る。愛おしげなその様を眺めていた鷹の顔に、ほんのわずか、かすかな翳《かげ》りが見えた。

――鷹さま？

雛が首をかしげる。「なにを考えこんでいるのだろう」そんな表情だ。

だが、鷹の翳りはすぐに消えた。

普段と変わらない、透徹した眼差しでニルギリを口に含む鷹に、雛は、声をかけるタイミングを逃してしまう。

どことなく心に引っかかるものを感じながら、雛もまた、カップに手を伸ばした。

また、穏やかなしんとした時間が座に戻ってくる。

「……この焼き菓子は、いい味だ」

ふとこぼれた鷹のそんな言葉に、雛の頬にまた微笑が浮かぶ。

「いつも同じバタークッキーでは鷹さまが退屈なさるかと心配になったので、西洋料理の本を何冊か読んで、新しい調理法を探したんです。そこでよさそうなものを見つけたら、お屋敷《やしき》の料理長にも作り方を教わりながら、いろいろと試してみて……本日のこれは、軽い焼き菓子を焼いて、間にバタークリームを挟んでみました。焼き菓子自体にはバターを使っておりませんの。クリームにだけ」

「だからか。いつもとは違う歯ざわりなのに、私が好きな香りがするのは」

「お好きだなんて。作った甲斐《かい》があります」

「きみの作るものはたいてい好きだが」

「え」

なんでもない調子で鷹にそう言われ、雛が目を大きく見開く。

とくん、と高鳴る鼓動が聞こえた気がした。

それを抑えるように、雛は息を吸い込む。

そうよ、こんなことは鷹さまの気まぐれ。心を揺らしては、いけないわ。

「よ、よかったです。なら、これからも、いろいろとお菓子をお作りしますね」

「そうしてくれたまえ。ところで、この焼き菓子の名前はなんだ？」

「レディ・フィンガーです」

「レディ・フィンガー？　そうか……実にきみらしい」

「わたしらしい、ですか？」

きょとんとした雛を見て、鷹が白い歯を覗せた。雛以外にはけして露にしない表情だ。

普段にはないいたずらっぽさのままに、鷹は言葉を続ける。

どうやら鷹は、商会での仕事上、多少の英語ができるらしい。

「レディ・フィンガーは日本の言葉に直せば、『淑女の指』だ。まさに、きみの指そのものだろう?」

「ま、まあ……!」

雛が両頬に手を当てる。

熱い。

今度こそ、上がる温度と対処しきれない鷹の台詞《せりふ》に、くらくらとめまいがしそうだ。

鷹さま、なにをおっしゃるの? ああ、それより、わたし、知らないとは言え、なんて名前のお菓子を……得意げに口にしてしまったのかしら……。

「照れることはない。自らのよい部分は誇るべきだ。ドレスを縫い、料理をし、私を気遣う。そんな人間が淑女でないならば、誰が淑女だというのだ」

「でも……」

「極端な謙遜は美徳ではない。きみは、きみの価値を知りたまえ」

いつもの、ひんやりとした眼差しに戻った鷹にそう言われ、雛は熱を持った頬のままうなずく。雛の内には嵐が巻き起こったようで、それ以上のことはできなかった。

けれど、鷹はそんな雛に満足したようだ。

何食わぬ顔でレディ・フィンガーをさくさくと噛《か》み砕《くだ》き、まだ、早鐘を打つ心臓の音を鎮められずにいる雛の方をちらりと見る。

「それにしても……ここのところ、きみと茶会をすることもできずに申し訳なかった」

「あ、いいえ、お忙しいと聞いておりましたから」

話がようやく逸《そ》れたことに安堵《あんど》した雛が、ほう、と息をついて返事をした。

そして、付け加える。

「今日、お時間は大丈夫なのですか？」

「ああ。多少はめどがついたからな。——きみは、変わりないか？　土岐宮家にいて居心地の悪いことはなかったか？」

鷹と同じく土岐宮本家の後継者を狙う異母弟妹《きょうだい》たちが、雛に危害を加えることを鷹は怖《おそ》れていた。

雛に累が及ばないようできる限りの手を尽くしているとはいえ、鷹が争いのさなかにいるのに変わりはないのだ。

雛も鷹の事情はわかっている、

だから、「はい」と、雛は穏やかに首を縦に振ってみせた。

「なにもありません。皆さま、とてもよくしてくださいます。わたしには勿体《もったい》ないくらいです」

「本当か？　使用人におもねる必要はないぞ。きみはこの家の女主人だ。もっと胸を張れ。願うことがあれば、なんでも──それこそ、指一本で命じればいい。もし異を唱える人間がいれば、私の出番だ。主人に逆らう従者など必要ない」

ニィ、と鷹の唇の端に笑みが乗る。

それを見て、困ったように雛が眉を寄せた。

鷹の発言が好意から出ているのは承知の上だ。それでも、雛からは、鷹のようなある意味で強権的な発想は出ない。こういったやりとりも二人の間で何度も交わされているが、いまだに、雛は慣れない。

「そうですね……もし困ったことがあれば、鷹さまにご相談いたします」

だから雛は、またサファイアをひと撫でして、それだけ、答えた。

多少考えが違っていても、自分を思いやってくれている発言にあくまで抗《あらが》うのは、行儀のいいことではない、と雛は捉えたからだ。少女らしい感傷と思いやりである。

「そうしたまえ」

鷹は雛の困惑に頓着せずに、二本目のレディ・フィンガーを手に取った。それを日に透かすように矯《た》めつ眇《すが》めつ眺める姿を見ていると、不意に、雛の胸はあたたまる。

どんな強い言葉よりも、そうした鷹の仕草の方が、雛の心に灯《あか》りをともした。

「あ、そうでした。鷹さま、この前、よし音《ね》さまがいらっしゃったんです」

「よし音さんが？　あの人もすっかりきみと親しくなったな」

よし音は、鷹の叔母だ。

過去にあったある出来事から独身を選択し、後継者争いには一線を引きながら、土岐宮伯爵家の別邸で静かに暮らしている。敵の多い鷹の数少ない味方であり、鷹の妻となった雛のことも、今では我が子のように可愛《かわい》がっていた。

「わたしに、とシャボンを持ってきてくださいました。先日、お買い物も兼ねて、浅草《あさくさ》十二階《じゅうにかい》へ行かれたそうなんです。そのお土産だと」

「十二階か。あそこはなかなか栄えているらしい。帝都の新名所だから無理もないが……。よし音さんは、あれで新しいものが好きだからな」

「ええ。人が驚くほどたくさん出ていたそうです。でも、それが気にならないくらい、楽しいところだとおっしゃられていました。ずらりと並んだお店をめぐってお買い物をして、カフェーでお茶をいただいて、最後は十二階の上から外を眺めて。時間の過ぎるのがあっという間だそうです」

浅草十二階——正式な名は凌雲閣《りょううんかく》——はその名の通り、浅草にそびえる十二階建ての尖塔《せんとう》だ。最近落成したモダンなその姿は、日本のエッフェル塔とも呼ばれ、中に備えられた日本初の電動式エレベーターを利用し、最上階にのぼって眺望を楽しむこともできる。

塔の裾野には浅草十二階の客を当て込んだ商店街も広がり、銀座《ぎんざ》とはまた違う、帝都の新しい歓楽街として名を馳《は》せていた。

「鷹さまにはこちら。万年筆とインクをお預かりしております」

「ありがとう。あとで、よし音さんに礼をせねば」

「きっとお喜びになります。よし音さまは、いつも鷹さまのことを気にかけておられますから。──十二階のお話なんですけれど、殿方でもお楽しみになれるだろうと、よし音さまからうかがいましたの。殿方向けのお店もいろいろとあるそうなんです。それに、なにより、帝都を一望できる最上階からの景色が素晴らしいとか」

「そうなのか。商会でも出店を検討をしてもいいかもしれないな」

雛から紙包みを受け取った鷹が、ぽつりとそんなことを言う。なにげないつぶやきだった。けれど、鷹のその一言が、雛の胸を叩《たた》いた。

鷹さま、十二階に興味をお持ちに？　では、提案をしてもいいかしら？　もし、ご不快なようなら、すぐに引き下がればいいもの。ただ、ほんの少し、お願いを──。

ためらいがちな自身を鼓舞しながら、雛が口を開く。

「十二階が気になられるのならば、あの……鷹さま、ご一緒に浅草にいらっしゃいませんか……！　お仕事の下調べをなさるのなら、お邪魔はしませんから……」

雛が鷹に向かい、身を乗り出した。さらり、と黒髪が肩を滑り落ちるのを感じながら、雛は言葉を紡ぎ続ける。

そうだわ。思い切って素直なわたしの気持ちを伝えてみましょう。鷹さまはそんなことで腹を立てるお方では、きっとないはず。

「わたし、お父さまたちがいなくなってから、あまり外遊びをしたことがないんです。一人でいて、友人を作る暇もありませんでしたし。それで、よし音さまから十二階のお話をお聞きして、とても楽しそうだなって……もし、鷹さまとご一緒できたら、こんなにいいことはないって……」

けれど、そこまで言った雛は、しゅん、と肩を落とす。

雛の言葉を聞いた鷹が、いぶかしげな表情をしていることに気づいたからだ。

「申し訳ありません……出過ぎた我儘《わがまま》を……」

──鷹さまのあのお顔……お忙しいお体なのに、馬鹿なことを言ってしまったわ。わたしの事情なんか、鷹さまには意味がないのに。夫婦の名前だけを与えられても、わたしたちは、そんな関係では、ないのに。

「いや、雛、謝ることではない」

考えこみ、うつむいてしまった雛に、慌てたように鷹が言い募る。

「ただ、私は少し……驚いただけだ。きみが私を遊びに誘うなど、これまでなかったことだからな。だが、私はけして不快ではない。理解したまえ。不快ではないんだ」

鷹の闇色の虹彩《こうさい》が、戸惑いを乗せてぱちぱちとひらめいた。胸の内から湧き上がる、不可思議な衝動に鷹は軽く唇を噛む。

人に配慮したことなどもう長いことなかったし、これからもする予定はなかった。なのに、目の前の華奢《きゃしゃ》な少女を傷つけることだけはしたくなかった。

この感触をどうすれば言葉にできるのか――捕まえた瞬間に指先をすり抜けていくそれは、いつもうまく形にならず、鷹を困らせた。

「いいか、きみはなにも遠慮することはない。きみは……私の……」

たん、と鷹の指先がテーブルの上をはじく。

「……っ。形式などどうでもいい。とにかくきみには、好き勝手を言う自由がある」

その必死な様子に、雛は思わず口元に手を当てた。

ふっと、軽やかな笑い声が雛から洩《も》れる。鷹の気持ちは違《たが》いなく雛に伝わったのだ。

「申し訳ありません、鷹さま。あんまり真剣な顔をなさるから。わたしのために、そうまでおっしゃられなくても……」

「いいや。これは伝えるべきことだ。どうやら、きみはわかっていないようだからな」

「お気遣い、ありがとうございます」

「十二階にきみと行くのもやぶさかではない。ただ、本当に予定が……」

そう言いながら、大きな手が、手帳を繰る。

「実は、土岐宮商会は新しい方面に事業を広げようとしている。宝石だ。着物やドレスはあつらえられるのに、それを飾る石が買えないのは不便だからな。だが――」

鷹の人差し指が、自らの形のいい唇をすっと撫《な》でた。

どこか遠くを見るようなその視線に、雛が首をかしげる。

「なにか、ご都合の悪いことが？」

「きみも知っての通り、私には敵が多い。いや、敵だらけだ、と言った方が正しい。今回も、商会の規模が大きくなるのを快く思わない者がいるようだ。だから、私が宝石の売買をするのに滞りが出ている。業者の買収も、予定の半分程度しか進んでいない」

「まあ……」

「そういったわけで、どうにもまとまった時間が取れそうにない」

「大丈夫です。ご無理なさらないで」

「悪いな。どこか空いている日取りを提示したいのだが、それも、ここしばらくは無理そうだ。……ひとまずは圭とでも行ってきたまえ。このままではきみを待たせてしまう」

それがいい、と手帳を閉じた鷹に、雛が首を振る。

「いえ、そんな、も……」

「申し訳ない、は口にするな。この家の女主人はきみだと何度も言ったはずだ。……言い換えよう。新事業が落ち着いて、予定が空けば、私もきみに付き合う。だから先に十二階の下見をしに行ってほしい」

鷹の表情がわずかにゆるむ。

雛にもようやくその意味がわかるようになってきた。これも、鷹なりの微笑だ。

ならば、下見をしに行ってほしいというのも、雛の気を楽にさせるための口実だろう。

それでも、まだためらう雛の背中を押すように、鷹が言葉を続けた。

「行ってきなさい。きみが社交界で頑張ってくれているのは知っている。ならば、たまには息抜きも必要だ」

第一章　浅草にて

十二階《じゅうにかい》がはるかに遠くまで睥睨《へいげい》する浅草《あさくさ》の街。

その足元を飾るように響くジンタの音、楽手の手から舞う紙吹雪。衣装にまで粋を凝らした、見た目も華やかな楽隊が雛《ひな》の目の前を横切っていく。

楽隊の後ろをついて行く子供たちの間を縫うように、出店の呼び込みや人力車の車夫たちが行き交い、令嬢から小僧まで、色とりどりの人波が浅草には溢《あふ》れていた。

なんの特徴もない平日のはずなのに、今まで見たどんな光景より賑《にぎ》やかなそれに、雛が歓声を上げる。

「わ、すごいわ。歩きながら楽器を使うなんて！　まあ、人力車？　初めて本物を見ました！　あんなに大きいんですね！」

背後を歩く主《けい》に目をやりながら、雛がにこりと笑った。

当初、雛は一人で浅草十二階に行こうとしたが、この時代の倣いとして、上流階級の女性が単独で街中――特に下町――へ外出することは歓迎されなかったことと、最終的には

「きみに荷物を持たせるわけにはいかない」との鷹《たか》の一声で、圭が付き従うことが決定されたのだ。

「雛さまもお乗りになりますか？　私はおそばにおつきいたしますよ」

人力車の方へ体を向けながら、圭が雛の隣に並び、問いかけた。

「今日は遠慮いたしますわ。自分の足でここを歩いてみたいんです」

「かしこまりました。もし気が変わったらいつでもお申し付けください」

「はい」

雛がうなずくと、それを確かめ、後ろにすっと圭が下がる。

雛が一人で歩いてみたいと願ったのならば、できるだけそれを叶《かな》えたい。圭の行動は、そんな雛への親心のようなものを表していた。

きょろきょろと雛があたりを見回す。

先日、鷹に言った通り、雛は両親が死去して以来、こんな風に力を抜いて外出するのは初めてだった。鷹と結婚してからも、いつも、出かける先にはなにかの目的があり、ぶらぶらと雑踏を楽しむことなど、もう何年も経験していない。

だからだろうか。さやさやと頬を撫でる風も、人々の奏でるざわめきも、雛にはなにもかもが爽やかで愛《いと》おしかった。

「まずは、どのお店に入ろうかしら……」

さくさくと土を草履で踏みしめながら、雛が通りを歩いていく。

すると、その足が一軒の店の前でぴたりと止まった。

「軒先に……太鼓？」

『ドチラサマモゴ自由ニ』という文字の刻まれた板と、それと一緒に飾られた陣太鼓が雛の目を惹《ひ》いたようだ。見上げてみれば、ひさしには小ぶりの雷さまの像が取り付けられている。

ん？　と不思議そうな雛の顔が、看板の文字を読むとほころんでいく。

そして、圭の方を振り向いた。

「上杉《うえすぎ》さん、このお店に入ってもいいですか？」

「はい……ん、雷おこしですか？」

高価な物でもなんでもない菓子屋に最初に入ろうとした雛に、思わず圭が聞き返した。

「ええ。浅草名物の縁起もの」

わたし、勉強して参りましたのよ、と、雛がいたずらっぽく笑う。

「縁起がよくておいしいなんて、鷹さまへのお土産にぴったりでしょう？　せっかく、気持ちよくわたしを遊びに出してくださったんですもの。お礼をしたいんです」

「それは、もちろんです」

同意しながら、圭が思わず姿勢を正す。

こんなときでも雛が真っ先に考えるのは鷹のことなのかと、圭は、雛への畏敬の念を強くしたようだ。その表情は、いつまでも雛が鷹のそばにいるように、と祈っているようでもあった。

「──ごめんくださいまし」

雛の手が引き戸を引く。すると、それに応えるように「いらっしゃいまし！」と勢いのいい声が店内から響いた。

「中を見せていただいてもよろしいですか？　手土産を買っていきたいんです」

軽やかな声で尋ねる雛に、店の主人はにこにこと両手を揉《も》み合わせ、「どうぞ、どうぞ」と二人を促す。

「これは、可愛《かわい》らしいお嬢さまで」

店主の言葉の通り、今日の雛は、鷹の心づくしの着物で人形のように飾られていた。

派手ではないが、誰が見ても上等だとわかる淡い緑色の綸子《りんず》。裾模様は季節を彩る菜の花だ。腰高に結ばれた帯には控えめな金糸で扇があしらわれ、良家の子女としての格を与えている。鷹は雛が幸せそうに笑うのを好むため、嫁入りの際に持参したほつれた着物は、今では行李《こうり》の底で眠っていた。

そして、なにより雛を印象付けるのは、深い海を彷彿《ほうふつ》とさせる大きな青い瞳だ。すっかりつやを取り戻した黒髪と、とろりとした瞳の青の対比もまた美しい。その上、柔らかな色のそこに、時折、確かな意思のきらめきが垣間《かいま》見《み》えるのが、雛の容貌をさらに好ましいものとしていた。

ふんわりとした唇にさされた紅が、少女らしく控えめなのも、かえって雛の清潔な雰囲気を引き立てている。

そんな、可憐《かれん》さと気高さが同居する雛の姿と、それを守るように忠実に背後に控える圭を見て、店主はすぐに彼女が由緒ある家の令嬢だと察したようだ。下働きに茶を用意するように申しつけ、まずはおかけください、と毛氈《もうせん》の敷かれた小上がりを指し示す。

「よろしければ一つ二つ、試しにお召し上がりください。今、茶も入りますから」

「あら、でも」

「おつきの方のお席もご用意しますよ。さ」

まあ……と雛が圭に目をやると、圭は「大丈夫ですよ」とうなずいて見せた。

「ならば、お言葉に甘えます。失礼いたしますね」

すとん、と雛が小上がりに腰掛けると、ほどなくして、湯気の立つ茶器と、小皿に盛り合されたいくつかの雷おこしが漆塗りの丸盆に載って運ばれてくる。

「当店自慢の品でございます。お嬢さまはカフェーなどにもお立ち寄りでしょうから、茶は少なめにしておりますので、二杯目がご入用の時はご遠慮なく」

「ありがとうございます。でも、こちらが一軒目ですのよ」

「それは光栄ですな！」

店主は、ぱっと明るい笑みを浮かべると、雛に商品の説明を始めた。

「こちらは一番よく売れている単純なものです。右は、そのおこしに砕いた落花生を加えたもの、左は、味付けにきなこを加えたものです。ほかにもありますが、まずはこのあたりがよろしいかと」

「……おいしい！」

店主に勧められて雷おこしを口に運んでいた雛が、にこっと唇を持ち上げる。

香ばしく炒《い》られたもち米と、そこに絡んだ水飴《みずあめ》の具合がほどよい。偶然入った店だったが、いい店を見つけた、と雛は、心の中でも微笑《ほほえ》んだ。

「甘みがちょうどいいですね。鷹さまもお気に召しそう」

おこしは、味わいこそ西洋の菓子とは違う。しかし、カリカリ、サクサクとした歯ごたえは、鷹が好むいつもの焼き菓子を雛に思い出させた。

鷹さまは……落花生もお嫌いではなかったはず。では、落花生が入ったものの方が食感が変わって楽しいかしら。だけど、きなこも香ばしいし、ちょっと贅沢《ぜいたく》をして全部買っていくのもいいわね。そうしましょう。

「お嬢さまのような方に言われますと、手前どもも商売抜きで嬉《うれ》しいものですなあ。失礼ですが、鷹さまとおっしゃられるのはお父上で？」

「いえ、鷹さまは、わたしの……夫です」

わずかに口ごもったが、すぐに気を取り直した雛は、明瞭な語尾で告げてみせる。

自分たちが愛情ではなく、契約で結ばれた二人なのはわかっている。鷹が自分をどう考えているかなんて聞くこともできない。それでも雛は、鷹が自分の夫であることを誇らしいと感じていた。尊敬によく似た、でも少し違うなにかが、雛の指先までいっぱいに溢れていた。

その名づけえぬ感情にはっきりした名前が欲しいと願ったこともある。追いかけて、迷って、風の吹く草原の真ん中に置き去りにされたような気分に振り回され、言葉も出ずに空を見上げたのは、いったい幾つめの夜だろう？

けれど今の雛は、ただ、鷹のことを考えるだけで心が満たされる気がしていた。そして、鷹がともにいてくれるのならば、それで充分だとも。

——それにしても、鷹さま、お土産をお渡ししたらどんな顔をなさる？　驚かれるかしら。喜んで……くださるかしら？

考え込む雛に、店主が頭を下げる。

「お嬢さまでなく奥さまでしたか、これは失礼いたしました」

「お気になさらず。では、こちらの三種類を包んでいただけますか？　どれも、とてもよいお味でした」

「かしこまりました」

店主が下働きに命じておこしを包ませ、圭に手渡す。それに雛が礼を言って立ち上がりかけたとき、店主はもう一つ小さな紙包みを、圭の持つ包みの上に重ねた。

「奥さま、つまらぬものですが、紅白のおこしもお包みしました。どうかご主人と、幾久しく睦《むつ》まじく」

雛が口元に手を当てる。

ぽん、と音がしそうな勢いで雛の頬が赤く染まった。

「え、その、その、ありがとう、ございます」

完全な不意打ちだった。

後は店から出るばかりの一瞬。そこへ急に声を掛けられたせいで、雛はいつもの令嬢らしい表情を作ることができない。代わりに現れたのは、困ったように、でも、とても嬉しそうに目を細める少女の顔だった。

寂しげにうつむいて土岐宮《ときみや》家の門をくぐった雛の姿は、もう、どこにもない。

「鷹さまへのお土産もご用意できたし、あとは十二階に昇って、それで今日はお屋敷《やしき》に戻ります。あんまり一度に巡っても、目が廻《まわ》ってしまいそう」

店を出た雛ににこにこと言われ、「それでいいのですか」と圭は問い返す。

「金子はたっぷりとお預かりしています。たまには鷹さまの商会以外でお召し物などをお買い上げになっても……」

「お着物は鷹さまから頂戴するだけで充分です。わたしの身は一つしかありませんもの。そんなにたくさんあっても困ってしまいます。それに——鷹さまが、お仕事の手が空いたら、わたしにお付き合いくださるっておっしゃったんです。だから、他のお店はそのときのために取っておきたいんです」

そこまで一息に言い切った後、ふっさりとしたまつげを伏せ、雛がはにかんだ。

控えめだけれど、確固たる鷹への思いのこもった台詞《せりふ》に、圭の口元までゆるむ。

「なるほど。それでしたら私がご一緒しては勿体《もったい》ないですね」

「上杉さんが嫌なわけではないんです。でも」

ふるふると首を振りながら、それでも決定的な否定をしない雛に、圭は笑いをこらえるので必死だった。そうだ。雛は真剣なのだ。からかってはいけない。

「大丈夫ですよ。では、十二階の頂上まで参りましょう」

「ええ!」

雛が、十二階に向かって軽やかに袂《たもと》を翻す。

薄緑の綸子をまとった、なよやかな雛の美しさに圭が目を細めたその時――。

黒い影が、雛めがけて光るものをひらめかせた。

「雛さま!」

瞬間、駆けだした圭が影と雛の間に割って入る!

「つっ……雛さま、ご無事ですか!」

「……上杉さん?! なにが?!」

咄嗟《とっさ》に雛の前に突き出した圭の腕からは、赤く血がしたたっていた。けれど圭はそれにかまわずに、雛を庇《かば》うようにしてあたりを見回す。

するると、黒い影はくるりと身の方向を変え、雑踏の中へ去っていった。

「暴漢のようです。なんてことだ、私がついていながら」

「大丈夫、わたしは大丈夫です。それより、上杉さん、どうして！」

雛が声をあげる。

目を見開き、体をこわばらせる雛をこれ以上怯《おび》えさせないため、圭は努めて穏やかに問いかける。

「雛さま、お怪我《けが》はありませんね」

「はい。でも、上杉さんから血が！」

圭の腕を染める赤は、雛を動転させるのに充分だった。いつかの両親の姿を思い出させるようなその色に、雛の青い瞳が揺れる。

そんな雛を安心させるように圭が微笑みかけた。ちらちらと、周囲への警戒は解かないままに、それでも、雛が不安がらないように、と。

「あやしげな人物が雛さまに刃物を向けるのが見えましたので。咄嗟のことでしたが、雛さまに何事もなくてよかった」

「そんな……！　上杉さんが怪我をしたのに！」

「かすり傷です。ご心配なさらず。……しかし、この人込みでは奴を追うことは難しいですね。雛さまをお一人にするのはもってのほかですし……」

ため息をついた圭に、でも、でも、わたしなんか、と雛が言い募る。

「雛さまは『なんか』などではございません。鷹さまの大切な奥さまであり、私どもがお仕えする女主人です。雛さまになにかあれば、鷹さまがどうなられるか――」

圭の目の奥には、あの日――雛が碧子《みどりこ》たちの手に落ちたとき――の鷹が浮かんでいた。ああまで自分を制御できない鷹の姿は、圭はついぞ見たことがなかった。そんな鷹が再び雛を失えば……その先については、圭は、考えたくもない。

ちょうど、あたりの人間も騒ぎだしたころだ。

これ以上、人目を引くのはよくない、と判断した圭が、お仕着せのシャツを破り、傷口を押さえて結ぶと、その場を離れるようそっと雛を促す。

「ひとまずは屋敷に帰りましょう。十二階をお楽しみいただくことができず、申し訳ありません」

「いいえ、浅草ならいつだって来られます。それより、上杉さんの傷……巡査を呼ばなくていいんですか……?」

「雛さまを面倒に巻き込むわけにはいきません。帰邸しだい、鷹さまとご相談の上、内《ない》務省《むしょう》に使いをやります。では、雛さま、馬車へ」

「承知しました」

主従は、来たときとは正反対にひっそりとその場を去っていく。

雛も、あれほど楽しみにしていた十二階には目もくれない。まっすぐに、馬車に向かっていくだけだ。

こうして、ささやかだが幸せに満ちた雛の休日は、唐突に終わりを告げた。


雛と圭が、急ぎ足でその場からいなくなるのを見届け、先ほどの影とはまた違う、小柄な影が「チッ」と舌打ちをする。その蓮《はす》っ葉《ぱ》な動作に不釣り合いなほど、ふわりと上品に結い上げられた薄茶の髪には、桜のかんざしがしゃらしゃらと揺れていた。

「運のいい小娘……！」

影の口から、吐き捨てるように声が漏れる。

けれどそれは雑踏に紛れ、すぐに、誰とも見分けがつかなくなった。

◇◇◇

「雛！」

急いで仕事先から戻って来た鷹が、勢いよく部屋の扉を開けて入ってくる。

「鷹さま！」

雛が、すがるように鷹へと腕を伸ばした。鷹の姿を認めた雛の瞳の縁には、次第に液体が盛り上がり、極限まで張りつめてほろりとこぼれ落ちる。

恐ろしさのあまり泣くことも忘れていた雛が、ようやく見せた涙だった。

「……ごめんなさい。こんなこと……どうしてか、わたしにもわからないんです。急に……あっという間に……」

雛がてのひらで顔を覆う。

指の隙間から震える声で言う雛の手に、鷹が自分の大きな手を重ねた。

「きみが謝ることはない。もう大丈夫だ。……大丈夫なんだろう？」

その温かさとは反対に切羽詰まった問いに、雛はゆっくりとうなずく。そして、てのひらを膝の上に戻し、心配そうに自分を見つめる鷹へと目を合わせた。

「わたしは平気です。でも、上杉さんが」

「圭なら馴染《なじ》みの医者を呼んで診させた。本人の言う通り、皮一枚の浅手だ。もちろん、治療費も充分に積むつもりだ。あれは、土岐宮に必要な人間だからな。できるだけのことはする。それより――」

鷹が、長身を折るようにして床に膝をつく。雛を見上げるその姿は、まるで祈るようだった。いつもは磨き抜かれた黒曜石めいた強い光を帯びている鷹の目が、ゆらりと揺れる。普段ならば、絶対に見せない顔だ。冷ややかな氷の眼差《まなざ》しも、今だけは、熱いくらいの温度が乗っていた。

「……無事でよかった……！」

膝の上で行儀よく揃《そろ》えられていた雛の人差し指を、鷹の親指と人差し指がきつくつかむ。溺れる人間が必死で岸辺に手をかければ、きっとこんな風になるだろう。そんな不意の感触は雛の胸を苦しくさせた。

それがなぜかは雛にはまだわからない。今はただ、戸惑いだけが雛を支配し、唇を閉じさせた。

「きみになにかあったら、私は」

鷹の指先に力がこもる。

「私は――」

そして、鷹が目を伏せ、大きく息をついた。

言葉にできないものを形にしようとして、諦めた吐息だった。

「……とにかく、すまない、雛。恐らくは私の商売敵がきみを狙ったのだろう。みんな、私のせいだ」

「そんな！　鷹さまが謝られる事なんてありません！」

「きみは優しい。だが、優しさが美徳ではないときも確かにある。きみを襲い、圭に手傷を負わせた人間を私は憎む。その原因の一端が私にあるのならば、私自身も」

雛を振り仰ぐ鷹の瞳が大きく見開かれる。透き通る黒はまた凍り付き――けれど、その先に炎を見せていた。自分自身も焼き尽くすような、凄絶な怒りを薪《たきぎ》にして燃え上がる、絶対零度の火だ。

冷たいのに途方もなく熱いそれを、雛は黙って受け止める。

雛に言えることは、なにもない。鷹が、今日のことで自らも傷ついたとわかっても。

でも――いいえ。

雛は、喉元までせりあがるものを飲み下し、鷹に見えないように首を振った。

わたしは、妻であっても、妻でないわ。こんなとき鷹さまを支えたくても、本当の意味で支えることはできない。悲しいけれど、わたしは……。

「雛？　どうした？　どこか痛むのか？」

「違います。ただ少し考え事を。いろいろなことがありましたから……」

「ならいいが。……雛、しばらく、外出は控えなさい。先約があるものは仕方がないが、今日のような気軽な外出は駄目だ」

「わかりました」

「悪いな。犯人がわかるまでの辛抱だ」

「大丈夫です。お菓子を焼いて、お皿を磨いて、お屋敷《やしき》の中におりますわ。鷹さまにご心配はおかけしません」

雛が微笑《ほほえ》む。自分にできることはそれだけだと理解している微笑だった。虚勢だと言ってもいいかもしれない。

それは、ずっと一人で生きてきた少女が身につけた、この世界への悲しい盾だ。

「きみは、強いな」

雛のそんな心情には気づかずに、鷹がまぶしそうに目を細める。

今の鷹には、雛が笑ってくれることが、なによりも心の助けになった。その裏に隠れているものを探る余裕は、鷹にはまだない。

「そうでしょうか」

「ああ。――そうだ、きみはそういう娘だったな。たった一人でも、幾万の兵を背後に連れた女王になれる娘だ」

「鷹さまはわたしのことを買いかぶりすぎです。わたしは弱いから……そうあろうとしているだけなんです」

土岐宮家と小邑《こむら》家に恥じない人間でいるために、負けるわけにはいきませんもの……と、雛がほのかにはにかむ。

それを見て鷹はようやく安心したようだ。つかんだままだった雛の指先をすっと放す。

「いつかきみに、そんなことを言わせずにすむように」

そして、しなやかな中指で、そっと雛の手の甲を撫《な》でた。

「強さも弱さも、すべてはきみだ。きみが、それでいいと思ってくれればいい」

「鷹さま……」

雛が、きゅっと結んでいた唇を開きかけた。ふわり、花がほころぶように、なにかを口にしようとする。

言える？——違う、言いたいの。

雛が自分を励ます。もう少し、もう少しで喉に詰まった言葉が形になる——そのとき、失礼します、との声とともに、部屋の扉ががちゃりと開いた。

部屋に入って来たのは圭だ。傷を負った方の腕に、白く目立つ包帯を巻いている。

禁忌に気が付いてしまった人間が浮かべる顔で、雛が動きかけた口を閉ざす。雛の前にひざまずいていた鷹も、すっと立ち上がった。

「圭、傷は大丈夫か？」

「はい。しっかりと手当てをしていただきました。──お呼びとのことで参りましたが、執務室にお伺いした方がよかったでしょうか」

「そうだな。雛に聞かせる話ではない。おまえの傷に差し障りがないのならば、執務室で続きを」

「入浴も許される程度の傷です。今日も明日もいつもと変わりなく働けます。では、ご一緒にあちらへ」


執務室の扉を閉めた主に、鷹が燃えたつような視線を投げた。黒いはずの虹彩《こうさい》が、赤く煮えている。雛の前では抑えていた激情は掛け金を外され、鮮やかな怒りを伴って部屋中に満ちていた。

普段ならば腰を下ろす執務机の前に立ったまま、鷹は主を見下ろしている。

「改めて、雛を身を挺《てい》して守ってくれたことに礼を言う。随行したのがおまえでなければ、もっと大ごとになっていたかもしれない」

「ありがとうございます」

「だが」

カツン！　と鷹が踵《かかと》を鳴らす。

猛獣が獲物に牙を立てる前の仕草は、野蛮さゆえに残酷な美貌にひどく似合う。

「雛が狙われたことは許しがたい。早々に犯人を洗い出さねば。雛の外出のことも知っているなど、私と縁のある者の仕業だろうが――」

「碧子さまと久尚《ひさなお》さまは……」

「おまえから報告を受けている通りなら、こんなことをしでかす力はもうない。ただし、監視は忘れるな」

鷹の脳裏に、碧子たちの策略で、雛が屋敷から連れ去られた事件が蘇《よみがえ》る。

あのときの怒りもまた、体がちぎれるかと思うほど強かった。直接に憎む相手がいる分、より研ぎ澄まされていたと言っても過言ではない。

揺らぎ、憤怒《ふんぬ》の激流に取られてしまいそうな足を必死で支え、ただ雛を捜した日――。

まともな自分を取り戻せたのは、ようやく、雛が手元に戻って来たと確信できた時だ。

雛が消えている間は、視界さえ黒くにじみ、振り返れば、確実に正気ではなかった。雛を奪われる――そう思い至った衝撃は頭を殴りつけられたようで、無事だった雛に手を摑《つか》まれなければ、きっと取り返しのつかないことをしていたに違いない。

ならば、また雛がいなくなれば自分はどうなる？　そんなことはもう、鷹は考えたくなかった。

それだけ、雛は鷹の中で大きな面積を占めてしまっている。出会ったころからは信じられないほどに。

この結婚の始まりはたった一枚の契約書だ。鷹は『雛』には関心はなく、『小邑侯爵家』の名前だけが欲しかった。そんな計算ずくの結婚をするのに、親を失い、親戚には見捨てられ、頼れる使用人もいない『廃屋令嬢』の雛なら、きっと与《くみ》しやすいと思ったのだ。

籍を入れた当初は、食卓を二人で囲むこともないくらいに互いの心は離れていた。鷹も、その方が手間がなくていいと割り切っていた。

けれど今は。

雛がそこにいる。それだけで鷹の胸の内は温まり、長いこと忘れていた感情が色づいて開いていく。

雛の白く細い指が、刺繍《ししゅう》をし、菓子を振る舞い、暖炉にかざされる。

それを安楽椅子に座り飽かず眺めていた昨年の冬。理由などわからないが、ただ漠然と、魔法のようだと思った。

雛が横にいて、快い音程の声で喋《しゃべ》り、時になにより青い目で自分を見上げる。その瞬間の胸の高鳴りは、なんと言い表せばいいのだろう？

雛の、鷹の過去の傷を癒《いや》そうとする誇り高い優しさと、子どものような無邪気さの同居も、鷹を惹《ひ》きつけてやまなかった。けして他人に弱さを見せまいと凍り付かせた鷹の心にさえ、じわじわと雛の温度は伝わっていく。

この想《おも》いがなんなのかは知らない。簡単に、言葉にできるものでもない。夜中に突然目が覚めて、その重く曖昧な手触りに途方にくれたこともある。

ただひとつ確かなことは、雛は闇に閉ざされた自分の生き方に一条の光をもたらしたということ。

そして、自分から光を奪うのならば——。

「叩《たた》き潰してやる……！」

鷹の口から、こらえきれない言葉が漏れた。

「……これは、私自身に刃を向けるより重い罪科だ。誰が企《たくら》んだことかは知らないが……相応の償いをさせよう」

怯《おび》える雛をなだめていたときとはまるで違う表情で、鷹が前を見据える。その鋭さに、圭は居住まいをただした。鷹から吹きつける怒りの風の音が、耳元で鳴った気がしたのだ。

鷹の口から下される命令を聞き逃さぬよう、圭が改めて背筋を伸ばす。しかし、次に鷹からこぼれたのは、ぽつりとした問いかけだった。

「……けれど、なぜ雛だ？　雛には私の商売敵だろうとは言ったが……そんな輩《やから》がいるとしても、狙うのならば私を狙えばいい。商会が宝石を扱うのが気にいらないのなら、私を襲い、邪魔をすればいいだけの話だ。事実、取引の妨害は続いている。それとも、雛でなければいけない理由があるのか……？」

鷹の爪《つめ》が、執務机を叩く。

たん、たん、と雨だれのように規則正しく音を刻みながら、鷹はなにかを深く考える顔をしている。

「このようなことを申し上げるのは無礼ですが、首魁《しゅかい》は春華《はるか》さまでは」

圭が、遠慮がちに口を開いた。

春華は鷹の異母妹《いもうと》であり、土岐宮家の後継者を争っている美しい少女だ。

彼女は鷹に異常な執着を示し、腹違いの妹でありながら、鷹の花嫁に相応《ふさわ》しいのは自分だと強く雛を憎んでいる。パーティの場で公然と雛を侮辱したこともあった。

道理の通らないことではあるが、春華から見た雛は異母兄《あに》を奪う略奪者だった。今でも彼女にとってそれは変わらないだろう。

「私がつけた監視をかいくぐってか？」

「すでにご報告しましたが、春華さまは何者かと接触している痕跡があります。相手は名門の夫人のようですから、特に他意のない接触かもしれませんが……」

「ああ、あの女のことだな。詳細はどうだ？」

「申し訳ありません。例の夫人については、まだそこまで細かくは調査が行き届いておりません。ただ、春華さまのこともございますので、しっかりと動向を注視しております。もちろん、春華さまから目を離すこともいたしません」

「よし、そのまま続けろ。匙加減《さじかげん》はおまえに任せる。……春華も、私の手を煩わせるほど馬鹿ではないだろう。あれで、わずかでも私と血を共有する娘だ」

思いがけない鷹の言葉に、圭は息を呑《の》む。

これまでの鷹にとって、血の繋《つな》がりなど細くすぐ断ち切れる糸のようなものだった。いや、むしろ、忌むべきものとして語るときも多い。幼少のころに土岐宮家に奪われた多くのものを取り戻すための苛烈な戦いを繰り広げている鷹には、血縁に倦《う》む面があった。

鷹は確実に変わった。そして、変えたのは雛だ。

だとすれば雛は、鷹の心のどれだけの部分を占めているのか。あの、穏やかな微笑みが鷹の心をどれだけ溶かしたのか……もう、圭には想像もつかないほどだ。

驚きに目を見開いた圭に気づいた鷹が、かすかに苦い笑みを浮かべる。

「雛に出会って、私は甘くなったようだ。おまえもそう言いたいのだろう、圭？」

「いえ、そのようなことは」

「遠慮せずともいい。自分でもわかっている。だが」

ぐっと鷹が上下の歯を噛《か》み合わせる。瞳にまた冷たい光が宿った。

その凄《すご》みに、圭は気圧《けお》される。

鷹は、自身の主人なのだと、圭は改めて痛感したのだ。土岐宮家という巨大な家を背負う強さと気概も、鷹だけのものだろう、とも思う。

「今回の件について容赦をする気はない。――そうだな、春華も視野に入れて調査をしろ。徹底的に、だ。私の妻に手を出したことを、地獄で後悔させてやれ」

◇◇◇

「お異母兄《にい》さま、お手紙は読んでくれた？」

夢見るように指先を顔の前で組んだ春華が、甘えた調子で鷹に尋ねる。

春華からも目を離すなと鷹が圭に命じた後、いきなり春華から鷹宛の手紙が届いたのだ。

錆朱色《さびしゅ》の封蝋《ふうろう》を施されたそれは、鷹の一瞥《いちべつ》の後、返事もされずに投げ出されていたが、春華はそれに焦《じ》れて鷹の屋敷《やしき》を訪れることにしたのだろう。

その証拠に、春華の来訪は、手紙が届いて、わずか数日後のことだった。

執務室に通された春華は、春らしく花のコサージュをつけたオーガンジーのミニドレスをまとっていた。

白いオーガンジーにこぼれる黒髪と、血を啜《すす》ったように赤い唇がなまめかしい。まるで、小さな魔女だ。同じ年ごろながら、清純な雛とは対極にある娘だった。

「読んでいない。これで用はないな？　執務室から出ていけ」

だが、鷹はそんな春華には目もくれずにあしらう。

「まあ、それじゃお話にならないわ。あたし、一生懸命書いたのよ。家庭教師に教わって、インクとペンを使って、西洋風の、お仕事のお手紙。お異母兄さまは知らないかもしれないけれど、あたし、女学校にだって通ってるんだから」

「そうか。それはご苦労。これからも勉学に励め」

「冷たくしないで。なにも雛さんに意地悪をしようっていうんじゃないの。以前のことはあたしも反省したわ。あんなことしたってお異母兄さまに好かれるわけないものね」

「ようやくわかったのか。なら帰れ」

「お異母兄さま」

ぷく、と春華が頰を膨らませる。

「あたしの言うことも少しは聞いてちょうだい。雛さんのことを抜きにしても、あたしとお異母兄さまには話し合うことがあるはずよ」

「私にはない」

「もう！　意地悪ね。——この家のことよ」

にんまりと、春華の唇が綺麗《きれい》な弧を描いた。丸い目が、愛らしい驕慢《きょうまん》さで鷹を見上げる。

「あたしはこの家が欲しいわ。それはちっとも変わっちゃいないの。あたしは本家を継いで、土岐宮女公爵になりたいのよ。全部、あたしのものにしたいの」

「それを判断するのは本家の老人だ。それとも——私に直接手を下してほしいのか？」

目を落としていた書類から顔を上げた鷹が、ギッと音がしそうな眼差《まなざ》しで春華を射抜く。

ぶるり、と春華が体を震わせた。細い両腕が、薄い肩を抱く。

「いやよ。怖い顔しないで。あたしはただ話し合いをしたいだけ。ちゃんとお話しすれば、きっとお互いの妥協点が見つかるわ。……この家のこと、お異母兄さま次第では、大幅に譲ってもいいの。お異母兄さまだって面倒は少ない方がいいでしょう？」

春華の懇願を聞いて、鷹が顔をしかめた。

「怪しいものだな」

「信じて！　お願いよ、お異母兄さま……」

春華の言葉の語尾はか細く消えた。長いまつげが、悲しげに伏せられる。

「ねえ、お願いよ……」

「くどい。今までの自分の行いを顧みてみろ」

これでも、鷹の物言いは以前よりは優しいのだ。雛を妻にする前の鷹なら、とっくに主に命じて春華を執務室からつまみ出していただろう。

「じゃ、じゃあ、こんなのはどう？　お異母兄さまのお仕事に役に立つ人を紹介するわ。それなら、あたしと少しは話す気にはならない？　お異母兄さま、今、宝石事業のことで困っているんでしょう？」

「……取り巻きにでも余計なことを聞いたか」

鷹が、冷たい眼差しで春華を見やる。切れ長の美しい瞳が、寒々しい輝きを炯々《けいけい》と放っていた。その冷ややかさは、あっという間に、部屋の温度が数度冷え込んだような錯覚さえ春華に抱かせる。

「違うわ。これでもあたしは土岐宮家の娘よ。お異母兄さまのお仕事のことだって、ちゃんと見張ってるんだから。でも、それをどうのこうのして取引しようとは思わないわ。お異母兄さまに有利な話を持ち掛けるから、お気持ちをやわらげてほしいの。その人なら、絶対に商会の宝石事業の力になってくれるはずなのよ」

「その人間の名は」

「ここでは言えない。でも身元の確かな人よ。その人とあたしとお異母兄さまで、お食事会をしましょう？　雛さんなんかいない、どこか素敵な料理店で、三人で美味《おい》しいものをいただきましょうよ」

ね？　と春華が鷹を見上げる。

鷹が、考え込むように沈黙した。

目の前の異母妹は狡猾《こうかつ》な嘘《うそ》つきだが、後継者候補として認められるだけの力は持っている。その彼女がここまで言うのだから、彼女が紹介しようとする人物も確かな能力があるのだろう。

「条件はなんだ」

「ないわ。——やった！　じゃあこれで交渉は成立ね！」

「いや、まだだ。名前が言えないと言ったな？　その人物は男か、女か」

飛び上がらんばかりに喜ぼうとした春華が、不満そうに唇をとがらせた。

「なによ、ここまで来てお疑いになるの？」

けれど、問いに答えなければこれまでだ、という鷹の雰囲気を感じ取ったのだろう。春華がしぶしぶ、といった様子で口を開く。

「……女、よ」

「そうか……」

鷹がしなやかな指先を自らのこめかみに当てる。黒水晶の虹彩《こうさい》が、忙しい思考を形にして遠くを見た。そして、しばらくの間の後、「いいだろう」と鷹はうなずいた。

「ただし、食事会はこの家で行うことと、雛も出席させること。彼女は私の妻で、この家の女主人だ。雛なしでおまえと女と三人で食事をするのは、彼女の名誉を汚すことになる。私は雛の心を傷つけたくはない」

「えぇ……嫌……いいじゃない……お仕事なんだもの……」

「これ以上の交渉はしない。どうする？　雛の顔を立てるか、立てないか。おまえが私の役に立ちたいと言ったのは嘘なのか」

「嘘じゃないわ！　わかった。雛さんもいていいわ。じゃあ、予定が決まったら連絡するわね。忘れないでね」

そして春華は、鷹に「帰れ」と言われる前に、自分から執務室の扉へと手をかけた。

「じゃあね、お異母兄さま。お食事会、とっても楽しみよ」

「そんなことがあったんですね……」

刺繍《ししゅう》枠をかたわらの小テーブルに置いた雛が、椅子に座ったまま、小首をかしげる。

雛は、淑女の務めと言われる刺繍の腕も見事なものだ。そんな彼女の今日の作品は、しっとりした色合いの薔薇《ばら》の花籠だった。

それにちらりと目をやって、はあ、と鷹が息をつく。

「きみが気を悪くするかと思って、ぎりぎりまで言えなかった。すまない」

「かまいません。わたしと春華さんにはいろいろありましたものね」

めずらしく、露骨に困った顔をしている鷹に、雛は、ふふ、と微笑《ほほえ》みかける。

こんな風に、鷹が感情をあらわにしてくれるようになったのはいつからだろう？

雛にはそれが嬉《うれ》しかった。鷹と自分の心が、ほんの一ときでも近づく気がした。

胸の奥に降り積もる感情の名前はわからないままだとしても、自分たちは、確かになにかを共有している夫婦だと思えたのだ。

「そうだ。あれはきみに失礼なことばかりした。本当は、同席させるのも気が進まないのだが、きみ抜きにするのはもっと失礼だしな」

「お気遣い、ありがとうございます」

「きみがそう穏やかだからまだ救われる。あんな無礼をした春華を許してくれる優しさは、言葉にしがたい」

「春華さんは鷹さまの異母妹ですもの。できれば、心安くお付き合いしたいんです。それに、なにかあっても、また鷹さまが助けてくださるのではないかと……我儘《わがまま》な願いではありますけれども……いかがですか？」

どうかこの問いに肯定で応えてください、と祈りながら、雛の瞳が、鷹を見上げる。

春華の嫌がらせで、雛は小部屋に閉じ込められたことがある。

両親を失った事故のせいで、暗く狭い場所が苦手な雛は、普段の彼女からは考えられないほど混乱し、自分を失いかけた。それを助けたのが鷹だ。

そしてそのとき、二人は互いの過去に触れ——消せない傷痕を柔らかく抱きしめ合うような、不思議な関係を築いたのだ。

「ああ。当たり前だ。何度でも、私は扉を蹴破りに行く」

躊躇《ちゅうちょ》なく鷹がうなずく。それを見て、雛が優しく目を細めた。

鷹のたった一言が雛を照らす。

どんなことにでも立ち向かえる勇気が、沸々と湧き上がってくる。

「ならば、わたしは大丈夫です。鷹さまのよき妻として、春華さんとお客さまをお迎えいたします」

「ありがとう。――十二階での事件があったばかりなのに、きみに余計な荷物は背負わせたくないのだが……」

「ご心配なさらないで……このお食事会には、なにか、目的がおありなのでしょう？」

「――?!」

澄んだ目で雛に見つめられ、鷹が一瞬言葉をなくす。

「なぜわかった？」

「鷹さまと夫婦になって二年目です。これでも、多少は鷹さまのことを存じ上げているつもりです。まだまだ、上杉さんの足元にも及びませんけれども」

「いや、圭と、きみは」

「ええ、もちろん、わたしと上杉さんが比べられないのはわかっております。上杉さんほど、鷹さまのことを理解されている方はおられません。でも、今日の鷹さまは、わたしになにかおっしゃりたいことがあるように思えたんです」

「違う……だから、きみは」

鷹が口ごもると、大丈夫ですと言うように、にっこりと雛が笑った。それとは裏腹に、鷹の指が綺麗に整えられた自身の髪をかき乱す。

雛の笑みが曇った。

鷹さま、なんだか、落ち着かないご様子。もしかして、わたしが出過ぎたことを申し上げて、お気に障ってしまったの？　それとも、上杉さんを引き合いに出したことがよくなかった？

「きみは……」

繰り返した鷹の顔を、雛が心配げにのぞき込む。

「鷹さま？」

二人の眼差しが交差する。

ただ見つめ合うだけの無音の空間。

それを先に破ったのは鷹だった。

崩れた髪を再び綺麗に撫《な》でつけ、いつものひんやりとした態度を取り戻した鷹が言う。

「なんでもない。きみの聡明《そうめい》さに舌を巻いただけだ。きみの言う通り、春華と客人を迎えるのには多少の魂胆がある。だが、すべてはまだ予想の域を出ないことだ。今はきみに伝えるべきことでない。だから、いつものように、土岐宮家の女主人として振る舞ってくれたまえ。きみはそれだけでいい」

「はい。喜んで。鷹さまのお役に立てるのならば、嬉しいです」

そうは言われても、なにかお心を乱すことでも？　と、鷹の見せた変化に、雛はいぶかしさを感じる。だが、それを口にすることなく、雛は鷹の命令を快諾した。

余計な詮索はすべきではないわ。わたしの役目は、鷹さまのよき妻でいること。

「時間は今日の昼。食事会用の着物は衣装室に用意してある」

「早速、着替えて参りますわね」

「そうしてくれ。——ああ、用心のためにサファイアは金庫に入れておくように。私の予想が当たれば、あまり筋のいい客ではない。春華を抜きに考えても」

「かしこまりました」

「その代わり、帯留めに瑠璃を用意した。あのサファイアほどではないが、きみの目のようないい色だ」

席を立とうとした雛が、ぴたりと動きを止めた。

ぶわ、と雛の耳の先から首筋が赤くなっていく。

「……？　どうした？」

「わたしの、目の色のようなんて」

そんな、と雛の白魚に似た指先が口元を押さえた。雛は自分の吐息が熱くなっているのを感じる。熱いのは吐息だけではない。体もだ。溺れそうな熱感が、雛の体の芯を駆け抜けていく。

どうして夏みたいに体が火照るの。こんなことでは、お客さまを迎えるのに差し障りが出てしまうわ。鷹さまの妻として、そんなこと絶対にしたくないのに。

困惑のまま動きを止めてしまった雛を見て、鷹は「ん？」と首をかしげる。

「別に不思議がることもあるまい。きみの目の色は美しい。海よりも空よりも深い青だ」

雛が大きく目を見開く。

それから、鷹の瞳の中に自分が映っていることに気づき、ぱちんと音がしそうな勢いでその目を閉じた。

なんてこと。わたしの目の色が——美しい？　空の色だと言われることには慣れたわ。でも、こんな、こんな……。

雛が再びおずおずと目を開くと、鷹はかすかに眉を寄せて雛を見守っていた。その透き通った視線の奥には、純粋な気遣いだけが見てとれる。

「どうした、雛。食事会に出るのはやはり気が進まないのか」

「い、いいえ、ただ、ただ」

「照れくさくて……お客さまがいらっしゃるのに、こんな体たらく、申し訳ありません。すぐに着替えて参ります！」

「ただ？」

今度こそ完全に立ち上がった雛が、それ以上は言葉もなくその場を去っていく。

ぱたぱたと軽い足音を、鷹は呆気《あっけ》に取られて見送っていた。

目の色に触れたことが気に障ったのだろうか？　そんな表情だ。

鷹にとって雛の内心は、うかがい知ることのできない迷宮だ。手を伸ばそうとして払いのけられることが怖く、ただ遠巻きに眺めている。時折、入り口に近づこうとするが、決定的な拒絶に遭うのが嫌で、途中でやめてしまう。本来ならば、伝えなければいけないことがあるとわかっていても、うまく言葉にできない。

先ほどの雛への態度もそうだ。

今、主より自分に近いのは雛だと――そう言えればいいのに。ただ単純な一文節が口にできずに、鷹は幼いころの無力な自分を思い出す。

目の前に強い風が吹きつける気がする。ざわめく心の中、鷹はまっすぐ立っているのがやっとだ。

このざわめきがなんという感情であるか、鷹は知らない。

ならば、それを夜も昼も問わず突き詰めれば、なんと呼べばいいかわかるのだろうか。

思考の果てに、なにかを見出《みいだ》せるだろうか。

鷹がゆるく首を振る。

彫りつけたような鼻筋とその下の薄い唇はどこまでも端整で、大ぶりの黒玉を思わせる闇色の双眸《そうぼう》にも強く麗しい光が宿り――けれどそこには、普段と同じ、凍り付いた表情が張り付いている。

考えても詮ないことなのだ。そう、鷹は言葉に出さず自分を否定する。

契約から始まったこの関係には、どうあがいても、それ以上の名前は付けられそうになかった。胸の内に燃え立つものはまるで陽炎《かげろう》で、形を得たと思えばすぐに消えていく。

そのせいでこんなに苦しむなら、初めから見ないふりをした方がいい。

それでも、少し前までは、二人の関係は正当な対価を支払う契約の上に成り立っていると思えた。

けれど――。

「……彼女を繋《つな》ぎとめていた約束も、今は私の手にはない」

鷹の口から低い声が漏れる。

いつもの朗々と響く声からはかけ離れた、錆《さ》びついた音だった。

最近は、雛がサファイアを身につけているとき、鷹はついそこに目をやってしまう。

——自分はあの日、「サファイアを取り戻すから妻になれ」と言った。

ならばそれは……サファイアが雛の手に戻った現在では、反故《ほご》にされても仕方ない約束ではないか？

否。

反故ではない。正当な権利の行使だ。

自分が雛を必要としていることなど、一片の情状酌量にもならない。

鷹の指が、苦しげな拍動を繰り返す心臓のあたりを撫でる。

雛にはもう、この契約を続ける理由はないのだと、気づいたときからずっと、そこはずきずきと痛んでならないのだ。

雛にそばにいてほしい。それは自分の我儘だ。そんなことは契約書には書いていない。

羊皮紙にペンで刻んだ署名に、感情などありはしない。

自分はこれまで、その冷たさを貴んできた。事実と契約が、なによりも確かなものだと信じてきた。それがこうも背後からおのれを刺すとは。

第一、雛になんと言えばいい？

どうしてそばにいてほしいのか、理由さえもわからないのに。

とん、と貫く仕草で、鷹が胸の上に指を立てる。

いっそ、このまま、えぐってしまいたかった。そうすればもう、なにも考えずにすむ。

「馬鹿だな、私は」

きしむ音声でそうつぶやいたあと、鷹は顔を仰向けた。

ここは室内で、見えるのは天井だけだ。雛の目によく似た青空は見えない。

いや、もともと、自分には見えているものなどなかったのかもしれない。

「ならば、私は解放しなければならないのか？　雛を——」

第二章　波乱の訪れ

「春華《はるか》さまがいらっしゃったそうです」

「通せ」

怪我《けが》のことなど感じさせないほどの自然さで通常業務に戻った主《けい》に、鷹《たか》は首を一振りして応じる。

そのかたわらには、鷹自慢の着物に着替えた雛《ひな》が、ちんまりと腰かけていた。

霞《かすみ》がかった薄水色の友禅は、季節を切り取った桜柄だ。

春の空に花開く桜は、楚々《そそ》としつつ、爛漫《らんまん》とあでやかでもある。その柄から色を取った帯は、桃色を基調とした金襴《きんらん》であり、青海波《せいがいは》の織の中に、数枚の桜の花びらが散っている。

帯のために着物をあつらえたのか、着物のために帯をあつらえたのか、とにかく、今日の雛が身につけているものに隅々まで意趣が行き届いているのは確かだった。

そこにさらに興を添えるのが、鷹が特に選んだ瑠璃の帯留めだ。全体が淡く優しい色合いの中、ぽっちりと存在する瑠璃の濃い青は雰囲気を引き締め、見る者の目を惹《ひ》く。

この、考え抜かれた最上の盛装は、春華がどんな客を連れてきても、雛が格の高低を気にしなくてもいいように、という鷹の心づくしでもあった。

そして、それがまた雛の穏やかな顔立ちによく似合うのだ。

瑠璃の帯留めよりも澄んだ青い瞳は丸くこぼれ落ちそうで、着物の薄水色と色を合わせたように高貴だ。長いまつげはそんな瞳を縁取り、くっきりとさせ、その下にある、指先で丁寧につまんで作り上げたような鼻先をさらに愛らしく見せた。少女のあどけなさを残したふっくらとした頰は、雛が土岐宮《ときみや》家で最高の扱いを受けていることを示している。

「春華に私たちの出迎えなどいらない。あれは招かざる客だ」

「承知いたしました。ところで——」

圭が、ちらりと雛に目をやり、また、鷹に視線を戻した。

「なんだ？」

「お耳をお借りします」

眉を寄せて聞き返した鷹の耳元に、圭が身をかがめる。そして、何事かを伝え始めた。

圭の言葉が進むうちに、鷹の眉間の皺《しわ》も深くなっていく。

「……そうか、やはり」

「はい」

「予想はしていたが、気分のいいものではないな。だが、多少は今回の件の裏が見えてきた。食事会は予定通りにしろ。雛には、後で私から説明をする」

「かしこまりました」

一礼した圭が、春華を迎えに玄関ホールへと向かう。

残された鷹と雛の間には、微妙な静けさが流れた。

説明？　気になる。でも聞くのは淑女らしくない。だけど――。

雛の頭をいくつかの言葉がぐるぐるとめぐる。

結局、雛は、両目をしばたたかせた後、沈黙を選んだ。

――そうよ。必要ならば、鷹さまは必ず話してくださるはず。後で説明するともおっしゃってくれたんだもの。催促なんてするものではないわ。

そんな雛の態度に気が付いたのか、鷹は組んでいた足の上下を入れ替えながら、雛の方を見ずに口を開く。

「先ほどの圭からの報告だが、今日来る客は――私の元婚約者だ」

「え……？」

雛は思わず聞き返した。

元、婚約者？　どういうこと？

その時、はっと雛が喉元に手を当てる。

なにか狙いがあるとおっしゃっていた鷹さまのこの態度……元婚約者の名乗り……もしかして、今日いらっしゃるお客さまは、よし音《ね》さまが以前におっしゃっていた『鷹を裏切った女』？　そうは考えられないかしら？　だって、婚約破棄なんて、鷹さまへの最大の裏切りだもの。そんな方の来訪ならば、鷹さまだって身構えられるでしょう。

もちろん、裏切った相手の屋敷《やしき》に、その異母妹《いもうと》と供に来訪をするなんて無作法をする方がいるの？　と疑問も浮かぶけれど……でも、鷹さまの言いづらそうなお顔、それに、これまで春華さんがわたしたちにしてきたことを考えたら……あり得るかもしれないわ。土岐宮家の血のくびきは、わたしには想像もつかない強度で、ここに住まう方たちを抑え込んでいるもの。

だとしたら、わたしはどうすればいいの？　どう振る舞うのが正解なの？

鷹さまの妻として、どんな方が見てもふさわしいと感じるやり方は？

「雛、心配をしないでほしい。今はもう彼女と縁はないし、きみは……」

募る雛の思いとは裏腹に、鷹が黒水晶の目で雛を見つめる。けれど、最後まで言葉を続ける前に、扉は開かれてしまった。

不安に目を潤ませた雛と、「ちっ」と舌打ちをした鷹の前に、圭の声が来客を告げる。

「土岐宮春華さま、南保寧々《なほねね》さま、おつきでございます」

「ね、お異母兄《にい》さま、素敵なお客さまでしょう？」

食堂に通され、席についた春華が、指先で自分が連れてきた人物を指し示す。

今日の春華は、これまでとは打って変わり、分厚い絹にアラベスク模様の刺繍《ししゅう》を全面に施した、シックな黒のドレスをまとっていた。

「どうなさったの、あたしをじっと見て。……もしかして、地味だとお思い？　でも今日は、付き添いのあたしは万事控えめにすることに決めているのよ」

鷹の沈黙をどうとったのか、春華が挑戦的な笑みをその顔に浮かべた。

雛もまた、困惑のままに春華とその客を交互に眺めている。

いくら完璧な令嬢教育を受けた雛とはいえ、夫の元婚約者をもてなす術など習ったことはない。通常の社交の場のように自己紹介を受ければ、もちろん応じていただろうが、春華は雛など眼中にないように振る舞い、もう一人の客——鷹の元婚約者——もまた、鷹だけをじっと視界に収めていた。

どうすればいいのかしら……。

困り果てた雛が、鷹をちらりと見やる。その青い視線に鷹が目配せをし、安心しろ、とでも言うように軽く顎を動かす。そのすぐあとに、底冷えのする鷹の声が春華に問うた。

「――おまえは、なにを考えている」

ぞくりと背筋が冷えるようなそれをも意に介さず、春華は芝居がかった仕草で肩をすくめてみせる。

「お異母兄さまのお役に立つことを！　こちらにお連れした寧々さまは、今は大家《たいけ》の南保侯爵家の代表で、特に宝石方面に造詣が深くていらっしゃるわ。お異母兄さまがお苦しみの宝石事業にも顔が利いてよ。その上、夫だった南保侯爵は世を去られて、今はご独身。美貌と、財産と、子へ受け継がせることのできる侯爵位もお持ち。お異母兄さまにぴったりの方ではなくて？」

春華は、雛に目もくれず、華麗に飾り付けられた大テーブルの上へ身を乗り出して語った。そして、優雅な身振りで寧々の方へ体を向け直す。

「ね、寧々さま、すでにご存じだとは思うけれど、こちらはあたしのお異母兄さま。土岐宮伯爵の土岐宮鷹よ」

「春華さま、ありがとうございます。……鷹さま、お久しぶりにお目にかかりますわ。南保寧々でございます……いいえ、旧姓の吾妻《あづま》寧々の方が通りがいいかしら」

春華から紹介を受けた寧々が、ふわり、と微笑《ほほえ》んだ。

きりりと着こなされた鮮やかな緋《ひ》の着物は、ころんとした毬《まり》の古典柄だ。それとは反対に、薄茶の髪は現代風にゆるめに結い上げられ、桜の花のかんざしが軽やかに揺れている。

年は雛よりも少し上か。身長も、雛より高いようだ。

寧々に出会い、たいていの人間が初めに受ける印象は「愛らしい女だ」というところだろう。確かに、顔全体の造作は春華に優《まさ》るとも劣らないほど整っている。吊《つ》り目がちだが瞳は大きいし、唇もみずみずしい。

しかし、そんなことは、鷹にとってどうでもいいことのようだった。

商会で意に染まない客をあしらうときと同じくらい、ひんやりと温度のない眼差《まなざ》しを、鷹は寧々に向けている。

「あなたは南保侯爵家に嫁がれた。南保侯爵夫人と呼ぶのが一番ふさわしいでしょう」

「夫は死にましたわ」

「存じ上げております。弔電をお打ちしました」

忌み事を伝えているのに、寧々の声はどことなく弾んで聞こえた。

その上機嫌さとは裏腹に、鷹はあくまで、冷たく、硬い口調を崩さない。来客向けの丁寧さは感じられるが、それ以上に、相手が望まぬ客なのがありありとわかる態度だった。けれど寧々は頓着しない。甘えた口調のまま、鷹に尋ねる。

「では、もう吾妻嬢とは呼んでくださいませんの？」

「ご実家の吾妻男爵家に戻られたのならそう呼びましょう。あなたが、南保家の栄華をすべて捨て去れるなら」

「まあ、随分な言い草。私が次女で、爵位の継承権がないことはご存じでしょう？」

この国では厳密な長子相続制が敷かれている。

つまり、長子に生まれれば、男女の関係なく確実に爵位が継げるのだ。逆に、長子ではないものは基本的に爵位を得られないことになる。ただし、土岐宮家のように、婚姻やその他の功績により、一家《いっけ》のなかでいくつもの爵位を保持する家もあった。たとえば、鷹と雛の間に子どもが生まれれば、その子は伯爵位と侯爵位を同時に継ぐこととなる。

また、この爵位の継承は、爵位を複数持つ家ならば、かなり恣意的な運用が可能である。長子、次子……と順を追って爵位を継がせる一般的なやり方以外に、血縁者や功績のある者を養子に取り、名目上の子として爵位を継がせ褒美としたり、権力の分散の手段とすることもあった。

土岐宮家の本家である土岐宮公爵家も、傘下の分家に爵位を与えることがある。

雛が生まれた小邑《こむら》家は名門ではあるが、閨閥《けいばつ》政治をすることが少なかったため、現在は侯爵位のみの保持家となっていた。

「私に無位無官の者としてつまらぬ生を生きろと？　せっかく、夫から財産と侯爵位を受け継いだのに、そんなのごめんこうむりますわ」

「あなたの侯爵位ではない」

苦いものを噛《か》み潰した顔で鷹が言う。

それは真実であるが、多少の誤りがあった。

確かに、妻は夫の爵位を継ぐことはできない。

しかし、爵位のある夫と結婚した妻は、夫と死別した場合、自分の子に夫の爵位を継がせることができる。俗に、仮爵位と言われるものを持つようになるのだ。寧々もまた、嫁いだ南保家の姓を返上しない限り、これから持つだろう子に、侯爵の称号を継がせることができるのである。

「私の子に与えることのできる侯爵位ですわ。私は、侯爵の母になれますの」

寧々が、にんまりと微笑む。

「そうよ、お異母兄さま。寧々さまとの間にお子を作れば、お子は侯爵位も持てるのよ。雛さんと同じじゃない。いいえ、雛さんよりずっといいわ。寧々さまのお宅にあたしも招かれたことがあるけど、南保家は土岐宮の家と変わらないくらい立派よ。雛さんなんか、あんなあばら家以外、なにも持っていないじゃないの。貧しくて、親もいなくて……第一、『廃屋令嬢』なんて妻にしているのは恥よ。寧々さまなら、お異母兄さまに恥はかかせないわ」

雛がうつむき、膝の上の手を握りしめる。

なにを言ってるの？　春華さんは、なにを？

「だから、雛さんを離縁して、寧々さまを妻にしましょうよ。その方が土岐宮のためにもなるわ。寧々さまの財産があれば、お異母兄さまの商会もまた一段と大きくなってよ。そこにいる、青い目の『廃屋令嬢』なんかよりずっと、寧々さまはお異母兄さまに必要よ」

降りそそぐ言葉に、雛はもう、耳を塞いでしまいたかった。

春華が冷静な調子で言うのも、その辛《つら》さに拍車をかけた。

その場限りの妄言ではない――考え抜かれたことなのだと。

「ねえ、お異母兄さま、お異母兄さまはいつだって、勝つことだけを考えてらしたじゃない。これから先も勝ち続けるには、寧々さまの方がいいわ。南保家がつけば、宝石の問題なんて、きっと一度に解消する。本家のおじいさま方だって、南保家の財産が土岐宮のものになれば、お異母兄さまをさらに心強く思われるでしょう。あたしの言うことなんて気に入らないかもしれないけれど、冷静になってみて。寧々さまと雛さんのどちらが本当にいいのか」

春華の指先が寧々を指し、寧々はそれに応えるようにゆったりと笑みをたたえる。

これが、春華の企《たくら》みだった。

春華にとって、雛ほど憎い女はいなかった。

春華が恋慕を超えた妄執で求め続けている異母兄《あに》に守られている女、土岐宮伯爵家の女主人として社交界でも尊重され始めた女、なにより……異母兄が、自分よりも優先した女。

だが、憎悪のままに行動をしても得られるものはない。それは、春華にもやっとわかってきた。幾度か、雛を排除しようとして失敗した結果は今でも胸にある。春華は、後継者候補として列せられているだけあって、それほど馬鹿でもない。

それに、春華は雛に笑いかけている鷹を見て気が付いたのだ。自分もあんな異母兄の特別になりたいと。ただ異母兄を自分の物にするだけではない。その心をわずかでも、こちらへと向けたいと。

では――どうすればいい？

春華は考えた。そして、思い至った。

――お異母兄さまに、雛さんではない妻を迎えさせればいい。

土岐宮本家を継ぐための条件は、既婚、もしくは婚姻の意思があること、身体《しんたい》が健康であること、土岐宮家への忠誠心があることの三つ。

だから、異母兄があくまで土岐宮家の後継者候補にこだわるのならば、妻は必須条件だ。

もし雛を追い出すことに成功しても、異母兄は新しい妻を迎えるだけだろう。

ならば。

異母兄に関心のない妻をあてがえばいいのだ。

土岐宮家の財産目当てでも、権力目当てでもいい。とにかく、愛だの恋だの気持ちの悪いことを言い出さない女がいい。

とは言っても、爵位も財産もない普通の女では駄目だ。異母兄が相手にするわけがない。

異母兄は冷酷な事業家だ。雛が女侯爵であるように、自分に対してなにか利点がなければ妻になどしない。

「わかるかしら、お異母兄さま。探して、探して、あたしはようやく寧々さまを見つけたのよ。寧々さまはお異母兄さまと同じ……地位とお金にしか興味のない方だわ」

「春華、客人に失礼だろう」

「かまいませんわ。春華さんは私の大切な友人ですもの」

「ほら、ね？」

言外に「冷血漢」と言われたようなものなのに、否定も肯定もしない寧々を手で指し示した後、くふん、と春華が鼻を鳴らす。

「寧々さまはこういうお方よ。目的のためならどんなことでも平気なの。でも、お異母兄《にい》さまもそうでしょう？　お異母兄さまは、土岐宮本家の後継者となることだけを目指して生きている方。野望の前ではなにもかも捨てる方だわ。なら、寧々さまが現れた今、捨てるべきは、雛さんではなくて？」

青ざめた雛を横目に、春華は、心の中で声を立てて笑う。

「あたしは、土岐宮家の後継者候補として自分に不利になることを言っているのよ。お異母兄さまの傘下に寧々さまの財産と爵位が入れば、あたしは後継者争いでは水をあけられる。それでもいいと考えてるの。そのくらい、心からお異母兄さまのことを思って言っているのがわからない？　約束通り、お異母兄さまに有利なお話を持ってきたのがわからない？　お異母兄さまなら、寧々さまを選ぶでしょう――？」

そんな春華の台詞《せりふ》を、雛は胸が潰れる思いで聞いていた。

確かに、わたしは、この爵位しか持っていない。逆に、鷹さまはわたしに数えきれないほどのものを与えてくださった。社交界へのお披露目、宝物になったオルゴール、わたしの居場所、それに――お母さまの形見のサファイア。

お返しなんか、したくてもできない。わたしは貧しい『廃屋令嬢』。その上、この国の華族にはいないはずの青い目……。

目頭が熱くなりそうなのを抑えるように、雛はきゅっと唇を噛む。

こんな場で泣いたら、鷹を困らせてしまう。それだけは、避けたかった。

そして、あいかわらず余裕に満ちた微笑みを浮かべている寧々に、目線を向ける。

この方は、綺麗《きれい》だわ。綺麗で、春華さんの言う通りなら、財産も爵位も鷹さまと分かち合うことができる。

今までわたしは、それでも、侯爵位だけは鷹さまにお渡しできると考えていた。

でも……この方が侯爵の仮爵位をお持ちなら、それももう、意味がないのね。

わたしがこの方にかなうものなんてなにもない。いいえ、事業を大事にする鷹さまなら、きっと、春華さんのおっしゃる通り……。

無意識のうちに、雛は、サファイアに触れようと胸元に手を伸ばした。探る指先が、今はそれがないことを気づかせる。心細さが、風のように雛の中を吹き抜けた。

本当に……わたしには、なにもないわ。

ずっとおそばにいたいと思っていた。でも、鷹さまがわたしを不要だとおっしゃるのなら？　それでも、おそばにいたいと願うのは、わたしの我儘《わがまま》ね。寂しいわ。寂しいけれど、鷹さまのお邪魔はしたくない。

雛が、居住まいを正す。

泣かない。揺るがない。

わたしは小邑侯爵家の最後の一人。ここでなにを言われても、小邑女侯として、せめて、誇りある態度を貫けますように。すべてを失っても、わたしは鷹さまの妻としてふさわしく振る舞えたと――。

雛の瞳に決意が宿った。濁りかけていたそれは、再び、光を秘めて輝く。

その目で見つめた鷹の顔は、いつもよりいっそう白く、感情を殺しているように雛には感じられた。

なにか、おっしゃるおつもり……？

雛の予想は当たった。

漆黒の虹彩《こうさい》の奥に、ちろちろと赤い炎がまたたく激しさを隠しながら、鷹はゆっくりと口を開く。

「言いたいことはそれだけか、春華」

その声は、これまでよりさらに低く冷えていた。氷を削りだしたような、手を触れることさえ恐ろしい響きだ。鷹には慣れているはずの雛でも、一瞬たじろぎを覚えるほどの。

けれど、自身の提案に酔っている春華はそれに気づかない。

「いいえ！　まだたくさんあるわ。でも、お異母兄さま、ひとまずは寧々さまとやり直しましょうよ。寧々さまは、雛さんなんかよりずっと、お異母兄さまのよき伴侶になれるはずだわ」

大げさな身振りで熱弁する春華に、寧々は「ええ」と笑顔でうなずく。

「よい妻になりますわ。夫に瑞祥《ずいしょう》をもたらし、繁栄と財産を与える妻に。社交界でも南保侯爵家の力は生きるでしょう。——常盤《ときわ》公爵家を切り捨てても、損はさせませんわ」

「そこまで知っているのか……あなたはなにを企んでいるんです」

「なにも。女一人では心細い身。再び縁づく先を探しているだけです。私は弱い女ですから」

「あなたが、弱い？」

ハッと鷹が鼻で笑った。冷笑だった。

いや、唇をほんのわずかに吊《つ》り上げたそれは、笑みと呼ぶより、鋭い牙を獲物の喉首に立てる前兆に見えるかもしれない。安易に声をかけるのもためらわれる、凄絶な美しさだ。

「弱い、か。なるほど、そう来たか。だが、どうだろうか。あなたは春華の言う通り、自身のためならどんなことでもする女性だ。あの南保家の老人に嫁いだように」

冷笑を浮かべたまま話す鷹の言葉の中には、氷の針が仕込まれていた。

その鋭い皮肉にも、寧々はひるまない。まったく変わらない、無邪気な調子で鷹に返事をする。

「ええ、ですから、土岐宮家に嫁げば、私は土岐宮家のためになんでもいたしましてよ。いずれ社交界も我が物にし、人々を操り、土岐宮家と南保家をさらに栄えさせますわ。鷹さまと私、手を取れば、叶《かな》わぬことなどありませんことよ。鷹さまがお困りの宝石事業の問題も、魔法のようにといて差し上げますわ。雛さまには無理ですわよね、でも、南保家ならそれくらい、できましてよ」

「ね、お異母兄さま、こんな方ほかにいないわよ。雛さんに、お異母兄さまを助ける実家や財産があって？　ないでしょう？　なら土岐宮家のためにも、お異母兄さまの将来のためにも、寧々さまにすべきだわ」

「私はお役に立ちます。絶対に」

沈黙が食卓に流れる。その重さに耐えかねた春華が唇を動かそうとしたとき、鷹が笑いを含んだ声で聞き返した。

「……私の、役に？」

そこに、つけ入る隙を見つけた春華と寧々がぱっと顔を明るくする。

やったわ！ そんな台詞が聞こえてきそうな目配せを交わし、まずは春華が口を開いた。

「ええ、そ」

「ふざけるな、黙れ」

ぴたりと笑いを消した鷹から、それはあまりにも自然な調子でこぼれた。

一瞬、その場にいた全員がきょとんと動きを止める。出しかけた言葉を遮られた春華も、例外ではなかった。

「──え、どう、したの？ お異母兄さま」

「ふざけるな、と言ったんだ。聞こえなかったのか、春華。悪いのは頭だけではなく、耳もか」

「なっ……」

「南保侯爵夫人も、私の妻への失礼な物言いは慎んでいただきたい。雛は、侯爵である前に、土岐宮伯爵夫人。この家の女主人で、私の大切な伴侶だ。南保家に顔を立てて、あなたをこの場から追い出すことは控えるが、これ以上雛を貶《おとし》めるのなら、許しはしない。あなたの家の名前が、どこまでも通用するとは思うなよ」

そして鷹は、雛に目線をやり、不意に微笑《ほほえ》む。膝の上に置いていた雛の手の上に、自らの手を重ね、ぎゅっとつかむ。そして、言った。

「大丈夫だ、雛」

驚きに雛が目を見開いた。先ほどの決意が揺らぐほどの衝撃だった。手と手の間から伝わるぬくもりが、夢のように雛に伝わってくる。

え？　なにが、起こった、の？

雛の青い目が、驚きにぱちぱちとまたたく。

それにもう一度、世にも優しい微笑を送り、鷹は春華たちに向き直った。

もうそこには笑みのかけらもない。鋭く尖《とが》った黒い眼差《まなざ》しが春華たちを刺し貫く。

「主人が会食の席を蹴るのは無礼だ。だから今回だけは我慢しよう。食事が終わるまで、私の館に滞在することを許してやる。春華に押し切られたとはいえ、招いたのは私だからな。しかし」

鷹が、傲然と首を振った。

「格上の家だろうが、この世の富すべてを持つ者だろうが、そんなことは関係ない。雛と私のことに口を出すな。いいな、南保侯爵夫人」

とうとう鷹は、寧々に対して敬語を使うのもやめた。そして、春華にするのと同じ、虫を見る視線で寧々を見据える。

「お異母兄さまっ」

慌てた春華がその場で立ち上がる。

「どうして？　どういうこと？　お異母兄さまは感情より損得で生きてきたじゃない。目的のためならば、どんな手段だってとってきたじゃない！」

たん、と春華がテーブルの上に手をつく。淑女としてはあり得ない動きだった。

けれど、春華のそんな困惑をよそに、鷹の目は冷たさを増すばかりだ。

「座れ、春華。おまえご自慢の社交界は会食の礼儀も教えてくれないのか」

「だって、今までのお異母兄さまなら」

「今までの私がなんだ？　おまえに私のなにがわかる？　傲慢な思い違いだな、愚か者め。私の敵ならばもっと賢くあれ。でなければ、手ごたえがない」

完璧な拒絶だった。

呆然《ぼうぜん》と、春華が椅子に腰を下ろす。ぱたりと、力をなくした両腕が垂れた。

「でも、鷹さま、私の方が……代わりにするには有益ですわ……」

それでも諦めず、寧々は上目遣いでくんにゃりと体を揺らす。たいていの男なら、庇護《ひご》欲をかきたてられる仕草だ。

だが、鷹はそれを一蹴した。冷たく整った顔は、怒りを通り越して無感情になっている。

美しい瞳も、まるで黒い飴玉《あめだま》のように物騒な光を放っていた。

「いや。雛の代わりには、誰もなれない」

しんと静かに冷えた言葉が、鷹の薄く形のいい唇から吐き出された。

「代わり、などという表現を使うのもおこがましい。私の妻は、この世でただ一人だ」

鷹の視線がまた雛に移る。あっという間にそれは温度を取り戻し、雛を安心させようとあたたかみを帯びた。

「安心しなさい。きみの意思は後で確認する。だが、ここではそう言わせてくれたまえ」

「は、はい……」

雛が、困惑を隠さずに返事をする。

「雛への非礼は私への非礼だ。雛の敵は私の敵だ。私と戦う気か、南保侯爵夫人」

穏やかな声で紡がれたそれは、しなやかな狼《おおかみ》の遠吠《とおぼ》えめいた、優雅で容赦のない宣戦布告だった。

「……いいえ」

寧々が首を振る。見た目よりずっと老獪《ろうかい》な笑みが口元に浮かんだ。そして、繰り返す。

「いいえ。鷹さまと戦うなど。そんな気はございませんわ。雛さま、失礼を申しあげてごめんなさいましね」

「春華は」

「うるさいっ。……わかったわ。わかったわよ。雛さん、申し訳ありませんでした！

──これでいいんでしょう？」

「もう、くだらない話もするな」

「くだらなくなんかないのに……しかたないわね。今日はやめてあげる」

「では、ここまでだ。きりがない。さっさと食事を運ばせよう」

吐き捨てた鷹が肩をすくめる。

雛は、鷹から贈られた帯留めを指先で触れた。

サファイア──両親──がなくとも、ここにはもう鷹がいてくれる。その上、理不尽な声からも守ってくれた。

それがたとえ、契約から生じる義務に基づくものだとしても、雛はとても嬉《うれ》しかった。

春華や寧々の言動にえぐられて生まれた穴の上に、柔らかに光るものが散っていく。鷹の言葉……思いやり……与えられたものすべて……。

雛の鷹への想《おも》いが白銀の衣をまとう。名づけられない感情をそのまま受け入れれば、雛の胸の中に灯《あか》りがともった。

──わたしも、同じことをしたいわ。

非力なこの身ではあるけれど、できることなら、なんでもしたい。火の粉から、嵐から、そのお体を害するものから、鷹さまを遠ざけるためなら、わたしは我が身が朽ちても後悔はしないでしょう。

雛の青い瞳が、まるで夜明けのようにきらめいた。

視線の先には鷹がいる。そして、今では、雛の心臓に近い場所にも。

雛のその様を見て、春華が、ちっと、行儀の悪い舌打ちをする。

そして、それを咎《とが》められる前に、拗《す》ねた声で鷹に尋ねた。

「食事は洋食？」

「そうだ。料理長が準備を――」

「……あたし、焼きたてのパンが食べたいわ」

「春華？」

「焼きたてのパンが食べたいって言ったの！　あたし、あつあつの、湯気が立つような焼きたてのパンじゃなきゃ食べたくないわ。雛さんは料理が得意なんでしょう？　だったら、今すぐ焼きたてのパンを食べさせてちょうだい。お異母兄さまの妻ならできるわよね？　できるでしょう?!」

それは赤子のぐずりのようだった。

春華にも、パンを作るのには手間と時間がかかることくらいはわかっている。わかっていても、なにか言わずにいられなかった。

春華には理解できない異母兄と雛の繋《つな》がりに、そんなことを許した異母兄に、異母兄を変えてしまった雛に、すべてに駄々をこね、嫌だ嫌だと足を踏み鳴らしてみたかったのだ。

「春華、いい加減にしろ。礼儀は守るつもりだが、目に余るようならば追い出す。歓迎されない客の扱いがわからないわけでもあるまい？」

「いいじゃないの！　これくらい！」

苦り切った鷹の顔を見て、雛が長いまつげを上下させた。

鷹さま、お困りのよう。先ほどのご恩を返すためにも、こんなときこそ、鷹さまの助けになりたい。でも、どうしたら……。

雛は頭の中で知る限りの料理の本をめくり始める。

なんとか、春華さんに満足してもらえるようなものを見つけられないかしら。タルトではパンではないし、パイでは時間がかかってしまう。なにか、なにか──。

あ、あれがあったわ！

そのとき、雛は自分の頭の中で歯車が嚙《か》み合わさった気がした。

「鷹さま、ここはわたしにお任せくださいな」

にこりと笑って雛がそう言う。

「きみに？　しかし」

鷹は、雛の献身を懸念していた。春華の我儘（わがまま）を聞くために、雛が無理をするのではないかと。

けれど雛は、鷹のそんな心中を察したように、穏やかな笑みを浮かべたままだ。

「ご安心なさって。お客さまにご不満を持たせるようでは、小邑女侯の名折れですもの」

「名折れなど、そんなことは。いや、きみはなにをするつもりだ？」

「春華さんのご希望通り、パンを焼いて参ります」

「逃げるつもり？　簡単にパンは焼けないことくらい、あたしだって知ってるわよ。何時間もあたしと寧々さまを放っておいて、それが女主人なの？」

「四十分ですわ」

「え？」

雛の台詞《せりふ》に、春華は思わず疑問詞を返す。雛は、それに再び、さらりと答えた。

「四十分で作って参ります。申し訳ありませんが、それならば、カード遊びなどしてお待ちいただけませんか？　上杉《うえすぎ》さんもいればブリッジもできます。時間を潰すのにあれほどいいものはございません」

「嘘《うそ》よ！　そんなこと言って、いい顔をして、最後はお異母兄さまに泣きつくつもりでしょう？　わかってるんだから！」

「春華さん」

静かな、けれどしっかりとした声音で雛が春華を呼ぶ。けれど春華は、そこに秘められた強さには気づかないようだった。

「なによ！」

勢いよく反発する春華に向かい、雛は穏やかに微笑《ほほえ》みかける。

鷹が決然と雛を守ったことが、雛の心に芯を作っていた。それは誇りであり、喜びに繋がる。先ほどまで雛に向けられていた、春華と寧々からの負の感情を一掃するほどの。

「もし、わたしが嘘をついたら、存分に責められてかまいません。社交界に二度と出るなと仰せならば従います。だから、少しだけ待ってくださいまし。春華さんご希望の、焼きたてのパンをお持ちいたしますから……」

春華が不満げに頬を膨らませる。

そのまま、またなにか言おうとしたとき、それを遮るように鷹が問うた。

「雛、きみは本気で言っているのか？　無理をすることはない。それともきみ自身の名誉が心配か？　安心したまえ。こんな場に名誉はないし、無礼者は叩《たた》き出すだけだ。春華がなにをしようが、きみには手出しさせない」

「鷹さまがわたしの身を案じてくださること、とても嬉しく思います。でも、鷹さま、四十分でパンが焼けるのは本当です。土岐宮家にお招きした方に、不満を持たれて帰られるのは本意ではありません。わたしは、わたしなりに、精一杯春華さんをおもてなししたいんです」

「そうか、きみがそう言うのなら、しばらく待とう」

「ご理解、ありがとうございます」

「礼を言うことではない。……では、客人二人に食前酒と酒肴《しゅこう》を用意する。それを楽しみながら、きみが戻るまで、きみの言う通り、ブリッジでもしていよう」

鷹が冷たさの中にもわずかに笑みを含んだ口調で言う。

それを聞いて、春華がキッと鋭く目を尖《とが》らせる。そして、今度こそ雛に一泡吹かせてやろうと口を開きかけ——。

「ええ、喜んで」

寧々が、悔しさのかけらもない顔でうなずくのを見て、春華が、はっとそちらに意識を飛ばす。そして、信じられない、と言いたげな口調で寧々の名前を呼ぶ。

「寧々さま？」

「雛さまのお手並みをぜひ拝見したく存じますわ。そうね、待っている間、私にはシェリーをいただけますかしら」

「寧々さま、それでいいの？　あたしたち……！」

「春華さま、先ほどの鷹さまのお言葉をお聞きになったでしょう？　私たちは鷹さまを敵にしたいわけではありませんわ。ね？　お話ならば、またあとで……」

しんねりと指先を唇に当て、寧々が「静かに」のサインをした。それになにかを察したのか、春華もまた、不承不承といった感じで席に座り直す。

「あたしには、シャンパンをちょうだい。当たり年じゃなきゃ嫌よ」

「では、わたしがお台所にお伝えします。シェリーとシャンパンですね。鷹さまはいかがなさいますか？」

「きみに使用人のような真似《まね》を……」

「鷹さま、ついでですもの。さ、なにになさいますか？」

「……ワインを。銘柄は任せる」

「かしこまりました。では、みなさま、四十分ほどお待ちください」

雛が去った後の空気はなんとも言い難《がた》かった。

もちろん誰も、なごやかにブリッジなどしてはいない。

三人ともが無言で、時おり、それぞれの食前酒や肴《さかな》のカナッペに手を出すだけだ。

壁際の大時計の針だけが着実に動いていく。

約束の時間が来た頃、いい加減焦《じ》れた春華が、グラスを置き、とうとう口に出した。

「だから無理だって言ったのよ！　あたし、もううんざり！　帰るわ！」

「春華、時間はまだあと少しある。黙って座っていろ」

「できやしないわよ。お異母兄《にい》さまだってときには見込み違いをなさるわ。それでいいじゃない。どうせ雛さんは……」

するとその時、固く閉ざされていた部屋の扉がゆっくりと開いた。

「お待たせいたしました」

そして、雛の声。

「熱くて持てませんので、ワゴンをお借りしました。大げさになって申し訳ありませんが、お許しください」

「雛さん、本当に四十分でパンを焼いてきたの？」

「はい。さ、春華さん、熱いのでお手に気を付けてパンをお取りください。今から料理も順に運ばれて参ります。料理長が腕によりをかけたと申しておりました。どうぞ、存分にお楽しみになってください」

「見た目はパンらしいわね……」

自分で頼んだことなのに、「熱いわ」と不平を言いながら春華がパンを皿に取り、じっと眺める。

寧々と鷹も、それぞれの皿にパンを取った。

「でもどうせ、カステラのような食感なんでしょ。あれならそんなに時間がかからずにできるもの。ごまかそうったってそうはいかないわよ」

春華の指先がパンをちぎる。口に運ぶ。

それを不安そうに雛が見守った。

もぐもぐと春華はパンを咀嚼《そしゃく》して……唇を思い切りへの字に曲げた。

雛が息を呑《の》む。

……駄目だったのかしら？

だが、春華からこぼれたのは、思いがけない言葉だった。

「ちょっと硬いけど、これは、パンね」

その声を聞いて、ふわあ、と雛の表情がほころぶ。鷹もまた、わずかに頬をゆるませた。

鷹は雛を信頼しているとはいえ、春華がどんな判断を下すか――雛憎しでこれはあくまでパンではないと言い張るのではないかと――その気がかりが消えることはなかったのだ。

「――なによ、そんな顔することないじゃない。あたしだって、いいものはちゃんと褒めるわよ。その程度の度量もないのに、土岐宮家の人間を名乗るわけにはいかないわ。でも、見直したわ、雛さん。随分、ずるがしこいところもあるんじゃないの」

「え……？」

にやりと笑った春華に突然そんなことを言われ、雛が動きを止めた。

「いいのよ。そうよ、考えれば簡単なことだったわ。……料理長に命じて、できあいのパンをオーブンで温めさせたんでしょう？　そうすれば前の日に準備したパンでも熱々になるものね。四十分も時間を取ったのは、いかにも自分で焼いてきたように見せかけるため。雛さんもなかなか役者ね。気に入ったわ、それで許してあげる」

満足げな春華とは正反対に、雛が戸惑いを込めて首を横に振る。

「いいえ、いいえ、春華さん、それは本当に今焼いてきた物なんです」

「なに？　あたしが丸く収めてあげようって言ってるのが不服なの？　じゃあ聞くけれど、だいたいどうすれば四十分でパンが焼けるのよ！」

「炭酸パンです」

雛の口からすっと出た聞き慣れない言葉に、春華が首をかしげた。

「炭酸……パン？」

「はい。通常のパンは、酵母の発酵の働きで、あの独特の風味とふかふかした食感を得ます。ただ、春華さんの言う通り、この発酵には時間がかかります。普通ならば四十分ではできません」

「じゃあ、やっぱり……」

偽物じゃない。と春華が言いかけたとき、雛が「でも」と、付け加えた。

「パンを作る時に酵母を使わずに、重曹と、お酢を混ぜた牛乳を使えば、発酵に似た効果が出るんです。しかも、その二つを使った作り方なら、長い発酵の時間は必要ありません。材料を混ぜてすぐに焼くだけで、炭酸パンになります。先ほど、春華さんは、ちょっと硬いけれど、とおっしゃいましたね。それは酵母で作ったパンではないから……。よく比べると、香りや質感も酵母で作ったパンとは多少違います。でも、こんな風に、焼きたてのパンがすぐにでも食べたいときには、炭酸パンはとても便利なんです」

雛に、理路整然と説明され、春華はくっと悔しそうに下を向く。

雛のパンは本物だと、味わったうえで認めてしまったのだ。今さら、作り方が多少違うからと言って、これは偽物だと突っぱねることはできない。

なんなのよ！

春華は心の中で毒づく。

平凡でつまらない女だと思っていたのに、時折見せる、この一筋芯の通った姿はなに？

たかだか貧しい『廃屋令嬢』が、どうしてこんなに堂々としているの？

雛の青い目の輝きが憎らしい。忌まわしいものだと伝え聞いていたのに、それは深く透き通り、春華の醜い思惑まで包み込むようだ。

ぎり、と春華が唇に歯を立てる。

嚙《か》みしめたそこに、一筋の赤いものがつたった。

「春華さん、お口が……」

「うるさい！　ちょっと粗相をしただけよ。あなたに心配されるいわれはないわ。パンを焼いたくらいで土岐宮家の主人顔？　『廃屋令嬢』のくせに！」

「ならば春華、おまえはこのパンが焼けるのか」

その鷹の声は鋭く、ぶるり、と春華が肩を震わせる。

おずおずと、春華が鷹に聞く。

「お異母兄さま……？　お怒り……？」

「私の気分はどうでもいい。おまえは、雛と同じことができるのかと聞いている」

「あたしは料理なんて下等なことはしないわ」

「下等、か」

鷹が、ふっと笑った。

そして、雛をそっと見る。その一瞬の眼差《まなざ》しの柔らかさに、春華の唇の傷はさらにずきずきと痛んだ。

嫉妬と怒りにぎらついた春華の視線から雛を守るためだろうか、鷹が、さりげなく体を雛の方へ向ける。

「おまえは『下等』の一言で片づけたが……私は、雛を誇らしく思う。あくまで客をもてなそうとする心は、およそ信じられないほど上質なものだ。それがおまえのような相手でもな」

「なによ……お異母兄さま、なにが言いたいの？」

「だから、雛がそう願うのならば、私はおまえを叩《たた》き出したくない。いいか、黙って席につき、食事をしろ。食べ終えたら出ていけ」

「なっ……！」

「すべては雛のためだ。おまえたちはどうでもいい。だが、土岐宮の女主人らしく振る舞う彼女を、私は尊重する。雛がそうするのならば、私もおまえたちの非礼を見逃す」

そこまで言って口を閉ざした鷹の表情は、春華が見慣れた頑《かたく》なものだった。いや、いつもよりも、さらに硬く凍り付いていたかもしれない。

春華が無言でこぶしを握り締める。

鷹が最後通牒《つうちょう》を切ったことが、春華にもわかった。

これ以上、抗弁を続ければ、鷹は春華の盾突きなど歯牙にも掛けず、本当に二人をこの場から追い出すことも。

悔しさにうつむく春華に、寧々がちらりと目をやる。

黒くうつろな寧々の瞳に、剣呑《けんのん》な光がよぎった。

激昂《げきこう》する春華には同調せず、曖昧な微笑を浮かべて雛たちを眺めていた寧々――そんな彼女の本音がそこには垣間《かいま》見《み》える。

寧々は、これまでの会話を通して、三人を値踏みし、その力関係を把握しようとしていた。そして、雛を敵として認識したのだ。

寧々の口元がくいっと持ち上げられる。泣きそうな春華とは正反対に、寧々はとらえどころのない笑みで自らを彩った。

自らにふさわしい相手に出会えたことを喜ぶように。

「鷹さまは、本当に雛さまを愛してらっしゃるのね」

シェリーの残りの一口を飲み干し、寧々は拗《す》ねた口調で鷹に言ってみせた。たいていの男なら可愛《かわい》らしいと感じる声音だろうが、鷹は眉ひとつ動かさない。

「愛……？　そんなものは知らないな。ただ、雛は妻だというだけだ。妻を守るのは夫の務めだ。そうではないのかね、南保侯爵夫人」

あくまでも自分を『南保侯爵夫人』と呼ぶ鷹に苦々しい思いを感じながら、寧々は空っぽになったグラスの脚を握りしめる。

そう……雛さまは、鷹さまにここまで言わせるのね……。妻だから、守る。そこに理屈はないと。それが愛ではないとしたら、どんなに強い感情なのかしら。

寧々が、雛の様子をうかがう。

このとき雛は、寧々の思惑とは逆に、「雛は妻というだけ」……そんな鷹の台詞《せりふ》に衝撃を受けていた。やはり自分は紙一枚で繋《つな》がれた存在、その気になればいつでも鷹から手を放されてしまうのだと――。

それは、ほんのわずかなボタンの掛け違いだった。雛がもう少し大人であれば、鷹の言葉の裏に含まれた意味にすぐに気づけたかもしれない。けれど雛は、まだ少女で、そして、裏表のない素直な性格だった。

強靱《きょうじん》で誇り高い精神のあり方も、年相応の娘らしさまでは覆い隠せない。あどけない雛の内面は、今、意味もわからないままに血を流していた。

わたしたちは契約上の夫婦だとわかっているのに、どうしてこんなに胸が痛いの？

わたしは、鷹さまになんと言われたかったの？

自問自答する雛の目が見開かれているのを確認して、寧々はくっと肩を揺らす。

そして、いたずらっぽい口調で鷹に尋ねた。

「なるほど、そうですのね、土岐宮伯爵。では、雛さまはどうお考えですの？」

「え、わたしは……鷹さまのお考えの通りに……」

ぱちぱちとまばたきを繰り返す雛は、まだ自分を立て直しきれていなかった。痛々しいその表情を、鷹が気づかわしげに見守る。

「どうした、雛。私の言い分が気に入らなければ、率直に意見をしてくれてかまわない。いつものきみのように」

「あ……申し訳ありません、わたし、少し、めまいがしたもので……」

「なんだと？　ならば無理をして食事会に出ることもない。別室で休みたまえ。ああ、それより医師を……」

「……いいえ」

慮《おもんぱか》る鷹に、雛が首を振る。その頬には、先ほどまでとは打って変わって明瞭な笑みが浮かんでいた。

悲しみや痛みは簡単に他人に見せるものではない。小邑家の後継者として父に教えられた心得の一つだ。

鷹さまとわたしは、形の上だけの夫婦、せんじ詰めれば他人だわ。ならば、つらい、泣きたい、そんな子どもじみた思いはできるだけ封じ込めなければ。お客さまの前で心を揺らすなど論外よ。お父さまが、わたしのこんな姿を見たらどんなに嘆かれる事か……。

忘れては駄目。わたしは土岐宮雛であるだけではないわ。わたしは小邑侯爵家の当主、小邑雛。お父さまとお母さまの娘。

そんな決意を込めて、雛の青い瞳がきらめく。

小邑女侯としての矜持《きょうじ》だけが、今の雛を支えていた。

「いいえ、大丈夫です。寧々さまと初めてお会いするので、緊張してしまったのでしょう。もてなしの場でこのような無礼、お許しください」

「きみの体の方が大事だ。本当に無理はしていないな？」

けれど、雛を心配する鷹はそれには気づかない。

雛が、「はい」とうなずくのを見守っているだけだ。

「先ほどの寧々さまのご質問ですが……わたしも、妻は夫を立てるべきだと思っております。夫婦で手を取り合い、家名を盛んにしていくのが、よりよい男女のあり方ではないでしょうか」

「なるほど。雛さまはそうお思いですのね。さすがは小邑女侯、修身の教科書に載せたいお答えですわ」

「勿体《もったい》ないお言葉です。わたしはただ、両親の姿を見て学んだだけです」

「ああ、事故で亡くなられたご両親の？」

なんでもない調子で寧々に言われ、瞬間、雛の上に影が落ちる。

それを目ざとく見つけた寧々は、くっと唇を笑みの形に歪《ゆが》ませた。

「ご両親が生きておられたら、雛さまのお言葉を聞いて、さぞお喜びになったでしょうね。本当に、お二人は仲のよろしいこと」

「わたしと鷹さまは、夫婦ですから……」

愉快そうな寧々とは反対に、雛は、舌をかすめた言葉の苦さをじんわりと味わっていた。

夫婦。そうね、でも、形だけの。

お父さまとお母さまが生きておられても、寧々さまの言うように、喜んでくださったりはしないわ、きっと。わたしがしたことは、家名を大事にする小邑家の娘としては正しいけれど……お父さまたちお二人が願った形ではないとおっしゃるでしょう。

鷹さまとわたし。どちらも本物の結婚をしていない。

わたしたちは、契約された妻と夫ですもの。

でも、それでも、選んだのはわたし。わたしはしっかりと、鷹さまの妻を演じるわ。

雛が、女侯らしく、淑《しと》やかながら毅然《きぜん》とした表情で告げる。

「さ、お食事が参りました。皆さまでいただきましょう」


そこから先は、無難な会食となった。

ふてくされた春華は、それでも令嬢らしく、最低限のマナーは失わない。仏頂面で、黙々とナイフとフォークを動かしている。

言いたいことはあるが、これ以上を口に出せば、本当に異母兄に追い出されるのがわかっているのだろう。その証拠に、主人の儀礼として鷹がときおり他人行儀に声を掛けると、それにはぽつぽつと返答をする。ただ、雛とは目を合わせようともしない。無言の態度で、あからさまな拒絶を示していた。

逆に寧々は、なにくれとなく雛へと話しかけていた。人懐っこい猫のようにすり寄り、雛がそれに対してどんな反応を返すか、ちらちらとうかがう。

ただ、その会話の内容はおおむね雛に好意的なものだったので、鷹も表立って制止することはできなかった。雛が言葉に詰まれば、的確な助け舟を出しはしたが、礼をもって雛に接するものを排除することは、主人としてためらわれたのだ。

こうして寧々は、笑みの後ろに牙を隠しながら、雛の観察をしたのだった。


「それでは、またお招きくださいまし」

食事も終わり、寧々と春華は鷹たちに見送りをされていた。

豪壮な玄関ホールで、寧々が体をくねらせる。

「次は雛さん抜きで」

そっぽを向いていた春華が、とげとげしい声で吐き捨てた。

「あらあら、春華さんたら……」

寧々が口元に手を当てる。雛はなんとも言えない表情を浮かべてから、「そんなことはおっしゃらずに」と柔らかく応じてみせた。

鷹の眉間の皺《しわ》がぐっと深くなる。

「春華、いい加減に……」

「お異母兄《にい》さまに言われなくてももう帰るところよ。今さら『追い出す』なんて脅し文句も怖くないわ。……あたし、また来るから！」

「勝手にしろ。ただし、雛に迷惑はかけるな」

苦々しげに言う鷹に「嫌よ！」と高らかに宣言をして、春華は玄関ホールを出ていく。

鷹たちの住まいと隣接する土岐宮家の別邸に住んでいる春華は、そのまま徒歩で帰宅するつもりらしい。本来ならば土岐宮家の後継者候補として、近距離でも馬車を使い、従者を連れて歩くはずだが、春華は一人で行動することを好んでいた。

もちろん、上流階級の令嬢としてはふさわしくない行為だが、春華はいつも周囲の制止など聞きはしない。時に取り巻きを引き連れ、時に単独で、好きな時に、好きなように振る舞うその姿は、下町の娘より奔放だった。

鷹がさらに眉をひそめる。

そんな鷹に、寧々が声をかけた。

「鷹さま」

「ああ、南保侯爵夫人。馬車が待っている。今日は――」

通り一遍の挨拶をして寧々を追い払おうとする鷹に、寧々は一見無垢《むく》な顔で笑いかける。

薄闇を包み込んだそれに鷹は視線を険しくするが、寧々は構いはしない。

「まあ、では、『さっさと帰れ』と言われてしまうかしら。――本日は、鷹さまだけでなく雛さまにもお会いできてようございました。これからも親しくさせてくださいまし。ね、雛さま」

突然、水を向けられ、雛が驚きを含んだ声で応えた。

「え、ええ。よろしくお願いいたします、寧々さま」

「本当に雛さまは可愛らしいわ。それでは、ごきげんよう」

丁寧にお辞儀をする寧々につられるように、雛も深く身を折る。

「ごきげんよう」

別れの挨拶を言い交わしたあと、寧々も玄関ホールを出て、ポーチにつけてある馬車へと向かっていった。

ふっと雛が肩の力を抜く。

その姿を、かすかな笑みを浮かべて鷹が見下ろした。そして、ゆうに頭一つ分は下にある雛の耳元へ、そっと顔を近づける。

「ご苦労だった」

ささやくような声で言われ、驚きに雛がきゅっと目をつぶる。同時に、雛の耳の先がふわりと赤く染まった。

「どうした？　目を開けてくれたまえ」

笑いを含んだ軽やかな響きに促され、おずおずと雛は目を開ける。

満足そうに、鷹が雛の近くでうなずく。スーツに焚《た》きしめられていた香の爽やかな香りが、雛の鼻腔《びこう》へとかすかに香った。

「きみの今日の働きに感謝したい。きみにとって不快なことも、私に問い質《ただ》したいことも多々あったろう。だが、きみは不満を漏らさず、女主人として毅然と振る舞ってくれた。君ならできると思ってはいたが、期待以上だ。それに……あのパンはとてもおいしかった」

思いがけない鷹の言葉に、雛がくすぐったそうに目を細める。ちかちかと、空色の瞳が喜びを得てまたたいた。

「ありがとうございます。お気に召してよかった」

「あれもご両親に教えられたのか？」

「はい。母に。お休みの日に、遅めの朝ごはんをいただく時、焼きたてのパンが食べたければこうなさいと。お父さまが眠っているうちにできるから、と」

「素晴らしい母君だ。できるものならお会いしたかった……心からそう思う」

「わたしも、父と母を鷹さまにご紹介できたら、とよく考えます」

肩を寄せ合うようにして鷹に言われ、雛の口元にやっと作り物でない微笑《ほほえ》みが浮かぶ。年相応の少女らしいそれは愛らしく、鷹もつられて頬をゆるませる。

「おまえごときに娘はやれぬ、と父君にお叱りを受けそうだ」

「そんなことはありません。鷹さまはわたしにすべてをくださいました。鷹さまがわたしを見つけてくださらなかったら、今でもわたしは『廃屋令嬢』のままだったでしょう」

「だが、きみを不安にさせた」

ひた、と鷹の漆黒の視線が雛をとらえた。

初めて二人が出会ったときと同じく、鷹の黒と雛の青が交錯する。

あの日によく似た、一瞬にも永遠にも思える間のあと、鷹が笑った。雛にしか見せない表情だった。

「すまない。でも、きみがそばにいてよかった。きみは私に勇気をくれる」

「そんな」

「今日は私も時間がない。だから、南保侯爵夫人のことは、明日、ゆっくり話そう。ただ、確実に言えることは、彼女と私の間には家同士の思惑しかなかったということだ。だから彼女は、土岐宮より格上の南保家に求婚されたとき、迷わずそちらを選んだ。すべては過去のことだし、きみにやましいことはなにもない。もちろん、春華のくだらない提案を聞く理由もない」

「いえ、そんな、わたしは」

「無理をして大丈夫だと言わなくていい。きみの……」

端整な鷹の唇がなに事か、迷うように動く。けれどそれは無言のままで、その代わりに、鷹は、雛の指先に触れた。

「この指に似合う指輪をあげよう」

ん、と雛が息を呑《の》んだ。「でも」と雛が首を振る。その動きを封じたいのか、鷹の手が雛の手首に伸びる。大きなてのひらに細い手首は一まとめにされ、誓いの儀式めいた動作で雛の目の前にかかげられた。

「今回ばかりは、きみがいやだと言ってもやめない。私はきみに出会って、自分に正直でいることを知った。腕輪も、耳飾りも……いや、溢《あふ》れるほどの宝石できみを飾ろう。きみが、身動きが取れなくなるくらい。そうすれば、きみは――」

どこにも行けないだろう？

鷹の切なげな物言いに、雛は首をかしげた。

「鷹さま……？」

いつも強い光を放つ鷹の双眸《そうぼう》に、今は、長いまつげが影を落としている。

雛にはそれが、伝えたいことを閉じ込めたもどかしい美しさに見えた。憂鬱さと、悲しみと、願い。いくつもの相反する感情が鷹の瞳の中で動いていた。

なにを言えばいいの？　こんなとき、わたしは。

雛は戸惑う。

自分の中で、正解が見当たらない。

どうすればいいのかわからない。

雛の心臓の音が激しくなった。

どきどきとうるさい鼓動に急《せ》きたてられるように、雛が、鷹のてのひらから手首をするりと抜き取る。

このままでは駄目。でも――。

鷹が伝えてくれる、ほのかなぬくもりから離れがたいと思うと同時に、我知らず、雛の口をつく言葉があった。

形にしていいか、普段ならばためらう衝動。それが、一塊の音になる。

「わたしは……わたしは、どこにも行きません。行きたいところなど、もうないのです」

第三章　すれ違う心

台所に行くという雛《ひな》と別れた鷹《たか》は、執務室で書類をめくりながら、そこに書かれた文字が素直に頭に入ってこない自分に気づく。

すべては、なかなか順調に進まない宝石事業の、要になる大切な報告のはずだ。それが、おろそかになるとは――。

いや、正直になろう。自分は、先ほどの雛の言葉に囚《とら》われている。

「行きたいところなど、もうないと……どういうことだ？　私が、雛の重荷になっていると言いたいのか？　行きたい場所に向かうための足かせだと？」

そこまでひとりごちて、鷹は首を振る。

雛に直接聞けばよかった。けれど、できなかった。

臆したのだ。この土岐宮《ときみや》鷹が、信じられないことに！

どこにも行かないでくれ。そう言えばいいのだろうか？　駄目だ。そんな例外は契約にない。

ならば、百万の財宝を積み上げて、金の鎖で雛を縛ればいいのか？　金と権力を湯水のようにそそぎ、雛を名実ともに社交界の女王にすればいいのか？　そうすれば、雛は笑い、満足して土岐宮家にいてくれるのか？

　はは、と鷹は自嘲した。

　だが、雛はそんなものを欲しがらない。これまでも、少しでも余計に与えようとしたものは拒み、彼女が大切にしているのはあのサファイアの首飾りだけ。そして、あれはもともと彼女のものだ。

　鷹の玲瓏《れいろう》とした眼差《まなざ》しが曇る。

　なにも欲しがらない人間の手に入れ方を、私は知らない。

「とにかく、明日だ」

　書類をキャビネットに戻した鷹が、手帳を手に取る。明日の予定の部分にはいくつかの文字があったが、緊急のものはない。

　万年筆でそこに『雛』と書き加える。

　それ以上はなにを書いていいかわからなかった。寧々《ねね》のこと、これからのこと、伝えたいことはたくさんあるはずなのに。

　自分で書いたくせに、ブルーブラックの流麗な筆跡が、目の前に迫ってくるようだった。

そのとき。

ノブのまわるかすかな音の後、ノックもなしに執務室の扉が開く。

不躾《ぶしつけ》なそれに、鷹が鋭い眼差しを送った。

圭《けい》だろうか？

いや、あれは。

「鷹さま」

とろりとした寧々の声が、鷹に呼びかけた。

「……南保《なほ》侯爵夫人か。案内もなしに、無礼さを極めるつもりか。ここは私の執務室だ」

「無礼だなんて、そんなこと考えてもおりませんわ。それより、吾妻《あづま》嬢と呼んでくださいな……鷹さまなら、寧々、とでも」

緋《ひ》の着物の裾さばきも鮮やかに、寧々が鷹に近づく。

鷹が顔をしかめた。

「帰りの馬車に乗せたはずだ。なぜここにいる」

「忘れ物をしましたのよ。さすが土岐宮家のドアマンは違いますわね。南保家の名前を告げたら、快くお屋敷《やしき》の中へ入れてくださいましたわ」

うふふ、と寧々が喉に籠る声で笑う。

「そう教育をしているからな。だが、今後は南保家と吾妻家の人間が来た際は、私に話を通すようにさせよう」

「なぜ？　鷹さま自ら私をお迎えしてくださるため？」

「おまえが来たら追い返すためだ。雛を傷つける人間はこの屋敷に必要ない」

「まあ、冷たいこと。……私が、なんのために春華《はるか》さまと繋《つな》がったとお思い？　春華さまが一緒なら、どんなドアマンも私を無下にできませんわ。あのいけ好かない上杉《うえすぎ》だって」

チッと鷹が舌打ちをした。露骨な不快感を、もう、鷹は隠そうともしなかった。

「お怒りみたいね。春華さまを利用したから？　それとも、あなたの可愛《かわい》い雛さまをいじめたから？」

「答える必要はない。忘れ物を取り、さっさと帰れ」

「忘れ物ならここに——」

ゆらりと、寧々の青白い指が鷹の襟もとに触れる。

「私が忘れたのは、あなた。だから、取り戻しに来ましたのよ」

その寧々の手を、鷹は音を立てて振り払う。

「やめろ。世迷い事は聞きたくない」

「元通りになりましょうよ。南保家の老人ならもうおりませんわ。私に都合よく、財産と爵位を残して……少しずつ弱っていく彼の姿を見るのは、痛快でしたわ」

笑う寧々に、鷹は口元を歪《ゆが》めた。

寧々が、財産のために夫の南保侯爵を殺したらしいという話は、社交界どころか事業にいそしむ男たちの間にまで届いていた。

鷹はもちろんそれを調査していた。そして、ほぼ事実だろうというところに結論は着地していた。ただ、今までは、寧々とかかわりがなかったため、半ばどうでもいいことになっていただけだ。

だが、今は違う。微笑《ほほえ》む寧々に、鷹もまた皮肉な微笑を返す。

「そうして、私も殺すのか。おまえの夫のように」

「いやあね！　誰がそんなひどいことを？」

無言のまま、汚い物を見る目をしてみせる鷹に、寧々は口を尖《とが》らせた。

「鷹さまも社交界の噂《うわさ》なんかを信じてらっしゃるの？　だとしても、実利を求める鷹さまはそんなことお気になさらないはず。ねえ、私は最高の妻になりましてよ。南保家の有り余る富と、侯爵の仮爵位。どちらも鷹さまに差し上げますわ」

寧々が晴れやかな顔で両腕を広げる。

それに、間髪を容《い》れずに鷹が応じる。

「代わりになにを欲しがるつもりだ」

寧々が、人に無償でものを分け与えるような人間ではないことを鷹も知っていた。それゆえの、問いだった。

寧々もまた、当たり前のように代償を口にする。

「鷹さまと、土岐宮家の名前。あなたが土岐宮本家の後継者になれば、その妻になる私は、南保家をもしのぐ権勢を手に入れられますわ。私、事業を興しましたのよ。それをもっと大きくしたいんですの。私の前で顔をあげられる人間がいなくなるくらい……」

「くだらないな」

「でも、鷹さま、土岐宮家の後継者になりたいのでしょう?」

寧々がすい、と一歩、鷹に歩み寄る。

そして、にこりと笑う。

柔和で魅力的なはずのそれは、しかし、鷹に反射的な嫌悪を抱かせた。

ここにいるのは敵だ。男でも女でもない。鷹は頭の中でそう寧々を区分する。曖昧だった領域は、今、はっきりと姿を形作った。

それには気づかず、寧々がぱちん、と手を叩《たた》く。

妙案を思いついた子どもの顔だ。

「ああ、わかりましたわ！　鷹さまは雛さまが惜しいのね。確かに可愛い人ですもの。なら、雛さまは愛人になさればいいのよ。私はかまいません。理解ある妻になりますわ」

寧々の言葉を受けて、かっと鷹が目を見開いた。

漆黒の目に灯《とも》る怒りの朱は、まるで灼熱《しゃくねつ》の炎の中の鉄だ。強く握りこまれたせいで、鷹の拳の関節が赤く染まっている。

「汚らわしい……！」

「え、なんと？」

「汚らわしいと言ったんだ。貴様は、以前よりさらに、下劣な女に成り下がったな」

雛の存在は、鷹の大切な光だ。寧々が触れればその光は翳《かげ》る。そんなことは、鷹には許せなかった。

放っておけば、透明な雛の色に、寧々という滓《おり》が混じってしまうだろう。それを防ぐためにも、今すぐに、目の前の女を視界から消してしまいたい。強い欲求が、鷹の体を突き抜ける。

だが、寧々はそれでもかき口説き続ける。

「なにをおっしゃるの！　変わってしまったのはあなたですわ！　目的のためならどんな道でもまっすぐに歩く鷹さまはどこに行ってしまったの。かつての鷹さまなら私の提案にすぐうなずいたはずよ」

鷹は無言のままだ。燃え立つような視線で、寧々をただ見ている。

この怒りをそのまま形にすれば……取り返しのつかないことになる。それだけは鷹にもわかっていた。だから、今の鷹が選べるのは沈黙だけだった。

「土岐宮本家の後継者となるためには、どんなことでもなさる方だと思っておりましたわ。この世の最高の栄達を追い求める私と、唯一わかりあえる方だと信じておりましたもの！あなたは、なにを置いても、前を見つめ、たどり着くべき場所へと向かう方。そのためなら、妻も子もすべては駒にする方。だからこそ……だからこそ、私はあなたが理解できましたのに！」

寧々が目を潤ませて言葉を切る。息を吸う。

「なのに、どうして？　どうして、つまらない情に流され、選択を誤ろうとしますの？そんなに雛さまが大事？　鷹さまはおかしくなってしまわれたわ！」

薄暗い寧々の双眸《そうぼう》に見つめられ、鷹はしばらく、自分の中の怒りを飼い慣らそうとした。

そして、やっと一言、口にする。

「言いたいことはそれだけか」

「いいえ。まだありますわ。……いっそ、私を殺しなさいよ」

寧々の顔から表情が消えた。それを見て、鷹は思わず問い返す。

「なんだと？」

「春華さまに取り入って、雛さまの前で茶番を演じて、やっとここまで入り込んだのに。鷹さまがこんな腑抜《ふぬ》けになってらっしゃるなんて！　こんな方とは相対できないわ。早く私を殺しなさいよ。生かしておけば、きっと後悔なさるわよ。私は、生きている限り諦めませんもの。絶対にあなたを手に入れて、華族たちみんなをひざまずかせてやる……！」

「馬鹿め。貴様は、どこまで愚物になれば気がすむ？」

ハッと鷹が笑う。

もう、鷹の目には寧々の本性が見えていた。どす黒い瞳孔でどこまでも欲しいものを追う、飢えた野獣の姿が。

「あなたこそ。今までのあなたなら、こんな私に容赦はしませんでしたわ。きっと、未練を持つ間もなく殺してくださったはず。ねえ、私の鷹さまを変えてしまったのは雛さま？」

聞く寧々に、鷹はなにも言わない。それが答えだとばかりに、寧々は鷹の手を取り、自らの喉元に当てる。

「さあ。あなたの敵ですわ。容赦なく手折《たお》って」

夢見るように寧々が目をつぶる。

だが、鷹は動かない。黙って寧々から手を引き戻しただけだ。

寧々がぱちりと目を開ける。白目の中にぽっかりと浮かぶうつろな穴が、異様な光を帯びて鷹を見つめていた。

「敵だと……言っておりますのに……！　雛さまが憎いわ。私と手を取り合っていけるはずだった人を奪った雛さまが、憎いわ」

「そうか。雛の敵は私の敵だ」

「ならば早く決着をつけなさい。あなたの可愛い人に手を出される前に」

それには答えずに、鷹が口の端を軽く動かす。強烈な侮蔑だった。

寧々がぎりりと歯噛《はが》みをする。

「なんですの。私は、敵に値しないとでも……？」

「今はそのときではないだけだ。貴様があくまで私とやり合う気なら、それなりの対処をしよう。……私のそれなりがどんなものか、わかっているか？」

鷹のそれは、死刑宣告だ。たいていの人間なら震えあがり、謝罪を繰り返しただろう。

だが寧々は、ぱっと顔を明るくする。

「わかりますわ！　ああ、それでこそ私の鷹さま！　あなたの剣の切っ先が私の喉頸《のどくび》をかき切るか、私があなたの心臓を仕留めるか、どちらが早いかしら！　ときめきで心が湧き立つ思いですわ！」

この女は、もう正気ではない。そう思いながら、鷹は立ち上がる。寧々の心情など、鷹にとってはどうでもいいことだった。敵ならば、打ち倒すだけだ。

ここでできないのならば、近いうちに、必ず。

「私はなにも湧き立たぬ。南保家に帰れ」

「ええ！　今日はこれで……この胸いっぱいの気持ちを抱いて帰りますわ……」

両腕で自らの体を抱き、うっとりとした寧々が、表面だけは愛らしく目を細める。

「やはり、私を理解してくださるのはあなた……」

そんな寧々に一瞥《いちべつ》をくれ、鷹は執務室の扉を開ける。それから、出ていけ、の仕草をして、鷹が寧々の体を執務室から押し出した。

「ほかの部屋には入れぬように手配をしておく。屋敷《やしき》の中を歩き回るな。仮にも南保侯爵夫人だ。這《は》いずる虫のような真似《まね》をするなよ」

「承知しております。ただ、あなたの姿を見送らせて――いとおしいお方」

「勝手にしろ。私は部屋に戻る」

寧々を置いて執務室に戻りながら、鷹が吐き捨てる。背中に寧々の視線を感じたが、鷹は振り向きもしない。

鷹が考えているのは、明日のことだけだった。


鷹にそそがれていた、甘くとろける寧々の視線。

それが、不意に棘《とげ》を帯びる。

執務室から追い出され、廊下に立っていた寧々が、物陰へと目をやる。

「のぞき見なんて、礼を失しておりましてよ」

丁重だが、ひやりとした声色だ。寧々の表情は、鷹といるときとまるで違う。

言うならば、敵を見つけた蛇だ。赤い舌をちらりとのぞかせ、牙を突き立てる瞬間をうかがっている。

「違います。鷹さまをお見掛けして。お声を掛けようと」

物陰にいたのは雛だった。心細げに着物の袖をかき合わせ、それでも必死で寧々に対抗しようとしている。

「でも、私がいたから臆した？」

「個人的なお話をされているのかと思いましたから……」

「個人的なお話！　さすが小邑《こむら》女侯は上品ですこと！　爵位も持たない次子の私とは違いますわ」

「爵位は大切なものですが、皆さまとお話しするのに必要なものではありません」

「それは持っている者の論理ですわね。私のように持たざる者には通用しませんのよ」

寧々がにやりと笑う。

「欲しい物を前にしたとき、人がどれだけ獰猛《どうもう》になるか……雛さまにはおわかりにならないでしょうね」

「なにかが欲しいのと、争うのは別です。その道理で行けば、わたしたちは人ではなく獣になってしまいます。そんなこと、誰が望むでしょうか」

「私が」

邪悪そのものの顔で、寧々が歯をむき出しにした。

「私が望みますわ。私は、雛さまのおっしゃるような清らかなことはまるでわかりませんの。人と獣、自分を偽らずにすむならば、私は獣を選びましてよ」

「わたしは自分を偽ってなど」

「わかっております。あなたは心からそう思っていらっしゃる。だから、私の考えることなど理解できないのでしょう。でも、それでいいのです。あなたに理解されるくらいなら、私は死んだ方がましですわ」

「そんな」

「話し合えばわかり合えるとか、陳腐なことはおっしゃらないでくださいましね。言葉はそんなことのためにあるのではありませんわ。戦うためにありましてよ」

「それでもわたしは、言葉を尽くすことをやめたくありません。互いの壁を越えられるのは言葉だけですから……。鷹さまと打ち解けられたのも、言葉のおかげです」

雛が背筋を伸ばす。廃屋で叔父と対決したときと同じ、その後ろに百万の近衛兵《このえへい》を従えた女王のような、清冽《せいれつ》とした姿だ。

寧々の目元がひくひくと震える。整っていたはずの顔立ちは醜く歪《ゆが》み、ただ眼《め》だけがかろうじて正気を示していた。

「気に入らない。ええ、気に入りませんわ……！　鷹さまを本当に理解しているのは私だけでしてよ。あなたではありません」

「それを決められるのは鷹さまです。他者が勝手に人の心のあり方を定めてはならないと、わたしはそう考えております」

「生意気な娘ですこと。あのとき浅草で死ねばよかったのに……！」

「今、なんと？」

雛が思わず聞き返す。

「なぜ、そのことをご存じなのですか？」

「……さあ。あなたに教えるいわれはございませんわ。私もこれで南保家の主人ですのよ。春華さまとも親しくさせていただいておりますし、華冑《かちゅう》界のことはいろいろと耳に入ってきますの」

「浅草のことは、春華さんもご存じないはずです。大きな騒ぎになってはお仕事に差し障りが出るから、内務省に報告だけして内々ですませると鷹さまが……」

「うるさいわね」

血の色をした寧々の唇が、平板な調子で吐き捨てた。

取れかけた令嬢の仮面の下には、顔のない怪物めいた無表情さがあった。

「寧々さま……？」

「ごめんあそばせ。つい、本音が。なぜ鷹さまはこんなつまらぬ娘にご執心なのかしら？雛さまだって、ご自身が鷹さまに不釣り合いなのはご存じでしょう？あなたは鷹さまの横にいられる女ではありませんわ」

瞬間、雛が瞳を見開き、きゅっと唇を噛《か》んだ。

鷹の隣にいていいのか。

それは何度も雛が繰り返した自問自答だ。

雛の本心は、鷹のそばにいたいと叫んでいる。

けれど、自分たちの繋《つな》がりはあくまで契約上のもの。鷹が「もうおしまいだ」と言えばそれで終わる夫婦なのだと——。

こんな気持ちは、永遠に殺していかなければいけないのだと、雛は心に決めていた。

鷹の存在が、自分の拠《よ》り所《どころ》になっているのは確かだ。

でも、それを知られてはいけない。そんなもののせいで鷹の負担になってはいけないし、なにより、妻であって妻でない自分が告げていいことでもないのだ。

そして、寧々の発言は、そんな雛の心をえぐるものだった。

財産があり、仮爵位も持つ寧々。確かに、寧々ならば鷹とよく釣り合う。

会食の場で感じたのと同じ疎外感が、雛を包み、口を閉ざさせた。

寧々は目ざとく雛の動揺に気づき、うふふ、と楽しげに含み笑いをする。

「あら、雛さま、ご自覚がおあり？　ならばご自身で言えばいいのよ。『妻の座は、寧々さまにお渡しします』と、ね」

しかし、勝ち誇る寧々を前に、雛は決然と首を振る。

「……嫌です」

「なんですって？」

寧々が、形のいい眉をしかめた。

「嫌だと言ったのです。それをお決めになるのは鷹さまです。鷹さまがおっしゃるのならば、わたしは妻として従いましょう。鷹さまのお申し付けなら、たとえこの身が砕けてもかまいませんもの。でも、寧々さまに従うことはありません。わたしは土岐宮伯爵夫人であり、小邑女侯です。自身の誇りに背くことはできません」

憮然《ぶぜん》とした寧々とは正反対に、雛の青い瞳がきらめいた。決意と、自尊の輝きだ。

かつて、『廃屋令嬢』と嘲られてもなお折れなかった強さが、今また、雛の上に顕現している。

土岐宮家で磨かれたつややかな黒髪と透き通る白い肌が、雛にさらに高貴さを与え、華奢《きゃしゃ》なはずの体は侵しがたい威厳を放っていた。

ぐ、と寧々が言葉を詰まらせる。侮っていた小鳥の爪に皮膚が切り裂かれた顔だ。

今の寧々は確実に雛に気圧《けお》されていた。

寧々は知らなかったのだ。雛は、ただ鷹にすくい上げられたのが幸運だっただけの『廃屋令嬢』ではない。生まれながらの華族であり、心の強さをなによりの価値とする両親の教えを忠実に守る、品格ある娘であることを。

けれど、寧々はすぐに元の調子を取り戻す。

「あら、そう、お好きになさってくださいな。でも、最後に鷹さまの隣に立つのはこの私ですわ。なにしろ私には、鷹さまにふさわしい婚約者として選ばれた過去があるんですもの。土岐宮の本家のご主人方だって、私の方を歓迎するはずよ。まあ、見てらっしゃい。何度だって言うわ。鷹さまの理解者は私だけでしてよ……！」

寧々の瞳孔がきゅっと引き絞られ、蛇のように縦形を描いた。雛の清らかな輝きとは正反対の、ぬらぬらとした色だった。

「今日は鷹さまの仰せの通り、素直に帰りますわ。でも……覚悟をおし、小娘。私は私の敵を許さなくってよ」

伸ばされた寧々の指先が、ぴたりと雛を指さす。けれど雛も動じない。小ぶりな顎を軽く引いて、寧々の毒のこもった視線を受け止める。

「私が、怖くないの」

「はい」

小声だが、確かな確信をもって雛はその一言を発した。寧々にもそれは伝わったようだ。

「強がりはおよしなさい。正直に言えば、多少は手心を加えてあげてよ。ねえ雛さま、私はあなたが考えるよりずっと恐ろしい女ですわよ」

すると、雛のふっくりとした唇が開く。動く。寧々をじっと見据えたまま。

「わたしが恐れるのはただ一つ、魂の純潔を失うこと……誇りをなくし、膝をつき、嘘《うそ》と絶望の谷に落ちること……寧々さま、わたしは『廃屋令嬢』です。怖い目にもたくさんあいました。信じた人にも裏切られました。それでもわたしは胸を張って生きてきました。恐れていては、一歩も歩けないから――」

その言葉通り、雛が一歩を踏み出した。寧々が悔しげに後ずさる。そして、付け加えた。

「では、その純潔とやらの寿命ももうすぐですわね。あなたも見たでしょう？　鷹さまは私を完全に拒みはしませんでしたわ。きっと、私と雛さま、どちらを選ぶかお考えになっているはず。とは言っても、答えなどもうわかっているようなものですわね。鷹さまが私を選ぶのが楽しみですわ。――ごきげんよう、雛さま。せいぜいあがくがいいわ」

捨て台詞《ぜりふ》を残して寧々がくるりと踵《きびす》を返す。雛はそれを無言で見送っていた。

雛の胸の中でいくつもの感情がくるくると渦巻く。

確かに、寧々の言う通り、鷹は寧々に優しいように思えた。普段なら、鷹は相容《あいい》れない相手には、もっとはっきりした拒絶を好む人だ。それが、寧々のことは見逃すように――。

このわだかまりは……？

雛は眉を寄せて途方に暮れる。

わたしは、鷹さまを疑っている？　でも、なにを疑うの？

今日も鷹さまはわたしを最大限に尊重してくださったわ。皆さまの前で恥をかかないよう助け、二人になった後は褒めてもくださった。

なのに、苦しいの。

雛が心細そうに自らの肩を抱く。そして、ため息をついた。

こんな考え、よくないことだわ。わたしはただ鷹さまを信じていればいい。それが契約。鷹さまは契約を裏切ったりは……え、では、わたしは鷹さまの裏切りを疑っているの？

雛が目を見開く。寧々と対峙《たいじ》しても揺れなかった眼差《まなざ》しは、今は青々と波立っていた。

いやだわ、そんなの、わたしらしくない。そうでしょう？　なにがあっても、誇りだけはこの手に摑《つか》んでいようと、今さっきも言ったばかりなのに。こんな、浅ましい。

第一、裏切りなんて誓いがあってこそだわ。間に紙一枚しかないわたしたちには関係のないこと――関係の……ない……。

雛の瞳からぱたりと涙が落ちた。

お父さまとお母さまも、こんなことを考えたのかしら。

細い指先が雛の顔を覆う。その隙間からも涙がこぼれていく。

『だって、私はあなたを信じておりますわ』

お母さまは笑顔でそう言っていた。

『当たり前だろう。きみが信じてくれなかったら、誰が私を信じてくれるんだい？』

お父さまも、嬉《うれ》しそうにお母さまに応じていた。

あれはいつのことだったのだろう。ずらりと食卓に並べられたお菓子の数々……そうだ、仕事でしばらくお屋敷《やしき》を空けていたお父さまの、お土産が見事だった日のこと。

どうしてそんな会話になったかはわからないけれど、お母さまはとても幸福そうにそうおっしゃっていて、お父さまも同じように見えた。

『雛さんが。雛さんもお父さまを信じているわよね』

『なるほど。確かにきみと雛は私の愛の塊だ』

ふふ、と嬉しそうに笑って、お母さまはわたしを抱きしめてくださった。

『ええ。あなたの愛はこの腕の中に一杯に。私と、雛さん、言葉にできない全部』

『ありがとう。だが私の愛はそんな小さなものではないな。この部屋一杯に。いや、屋敷一杯に。きみたちへの愛情を測る秤《はかり》など存在しないよ。小邑家の名前に懸けて誓おう』

お父さまの腕が、お母さまごとわたしを包む。お母さまとは違う香り。強いあたたかさ。くすぐったくて、心地よい。ずっとずっと続いてほしかった時間。

『まあ。それでは、あなたは、絶対に私たちを裏切りませんわね。……大切な、大切なあなた。いつまでも一緒に……』

いいえ。

お父さまとお母さまの間には、わたしと鷹さまの間にはないものがあった。

それがなにかはわからない。けれど、確固たるものがお二人を繋いでいた。

——なぜ、涙が止まらないんだろう。

ゆらゆらと形のない、未《いま》だ頼りなげな想《おも》いは、そのくせ深い棘《とげ》を雛に刺す。

どうして？

問いかけても、雛に答えは出せない。

名前のない感情に苛《さいな》まれ、雛はゆるゆると首を振る。

この想いはなに？　悲しい、苦しい、なのに手放せないの。

ちくちくと止まらない胸の痛みさえ、必要なもののように感じる理由が、わたしにはわからない——。

当惑した雛は、それでもてのひらで涙を拭う。

泣くことは好きでなかったし、こんな姿は誰にも見られたくなかった。

「寧々さまのこと、鷹さまにお話を……」

そこまでひとりごちて、雛は「だめ」と細く声を出した。

春華さんがおっしゃることが本当なら、寧々さまは鷹さまの事業を手助けしてくださるかもしれないわ。そんな方とのご縁を、わたくし事で裂いてはいけない。

わたしに必要なのは、鷹さまの完璧な妻でいること――そして、そんな存在なら、こんなことは胸一つに沈めるはず。第一、わたしの気持ちをお伝えしても、鷹さまを困らせるだけ。

雛がするりと足を前に滑らせる。

その心はもう決まっていた。

そうよ、鷹さまに言った通り、私には、行きたいところなんて、もうどこにもないわ。

わたしがいたいのは、ここ。

「ごめんなさい、鷹さま。ずるい考えかもしれませんが……わたしは、できる限り、あなたのおそばにいたいのです……」

◇◇◇

「お帰りなさいませ、寧々さま」

南保家に帰宅し、執事に迎えられた寧々が、投げるように荷物を渡す。

「綺麗《きれい》にしておきなさい」

「かしこまりました」

「今日は食事はいりませんわ。私は自室におります。土岐宮鷹さま以外のどんな客も取り次がないでくださいな」

歩きながら寧々が告げる。それに歩調を合わせながら、執事は寧々の言うことにうなずいていた。

ちょうどいいことに、寧々が話し終えたあたりで、寧々の自室の扉が目に見えた。

「では、これで」

冷たい口調で寧々が扉を開け、ぴしゃりと閉める。

ロココ調に飾られた自室に入った寧々が、ほうっと息をついた。

そして、飾り棚に座っていた人形を手に取る。

「ねえ、聞いてちょうだいな。私のただ一人の友人……」

寧々の指先が、人形の頭を撫《な》でた。

「鷹さまが私を欲しがってくれませんの。なら、私は、なんのためにあれを殺したのかしら。私、南保家の財産が欲しかったわ。侯爵の母になれる権利も欲しかった。そのために、鷹さまとの婚約を破棄してまで老人の家へ嫁いだのよ。ええ……嫁いでしまえばこちらのもの。もうあんな老人いらなくてよ。だから、毒を盛って、少しずつ弱らせて、怪しまれないように殺しましたわ。噂《うわさ》になってしまったのは想定外だったけれど、証拠はもうどこにもありませんもの。今さらなにも怖くなくてよ。あなたもそうでしょう？」

人形の耳に囁《ささや》きかけてから、その返事を待つように、寧々が言葉を切る。

そして、秘密を打ち明け合うような含み笑いを漏らした。

「あれが死ぬのを待つ、あのころが一番楽しゅうございましたわね。この男が死んだら、鷹さまのところへ行こう。奪い取った財産と地位をリボンで巻いてお贈りして、鷹さまの前でその包装を解こうと。死にかけの老人の枕もとで、毎日が夢見るようでしたわ」

精巧に作られた人形の髪を一筋持ち上げ、寧々がひどく悲しそうな顔をする。

「なのに、どうしてかしら。鷹さまはちっとも喜んでくださらないの。それどころか、雛なんて娘を横に侍《はべ》らせておりますのよ。確かにあの娘は小邑女侯ですわ。でも、あんな貧しい娘のどこがいいの？　どうして浅草で死ななかったの？……憎たらしい上杉！　あの白鼠《しろねずみ》！　あれが身を挺《てい》して庇《かば》ったりするから！　その上、あれから何度私の部下をけしかけても、鷹さまの守る手が行き届いていていてあの娘は殺せない。いっそ首をひねり潰してやりたいのに……！」

ぎり、と歯を嚙《か》みしめた寧々が、人形の首に手をかけ、細いそれを締めあげた。

鷹の元に行くためにほかの男に嫁ぎ、鷹を裏切り、けれどそれが鷹のためになると、寧々は一途《いちず》に信じている。

鷹は好きだが、南保家の財産と爵位は鷹の役に立つから手に入れたい。そんな単純で残酷な方程式に基づく計算をした彼女が出した答えは、南保侯爵の妻になった後、夫を殺して、再び鷹の元へ嫁ぐ、ということだった。ねじれた、寧々にしか理解のできない理屈だ。

だが、寧々の中ではその歪《ゆが》みは、美しい真実になっているのだ。

寧々の異常さに、彼女を利用しようとした春華は気づいているのだろうか。

「あらあら、ごめんあそばしませね。お友達を殺してしまうところでしたわ。私、鷹さまとお友達だけは殺しませんのよ。……え？　春華さま？　あれは友人なんかではありませんわ。鷹さまに近づくためだけの道具でしてよ」

人形の首から慌てて手を放した寧々が、その唇ににんまりとした笑みを浮かべる。

「春華さまも、さかしらにしてらっしゃるけど、まだまだ小娘ですわねえ。これで土岐宮家の後継者争いに私の手が入ったことに、お気づきになりませんのよ。自分の意思でお話ししているようでも、私の思うことを口に出してらっしゃるのに……。本当、あんな小娘ひとり操るのは簡単……なのに雛さま……！　あれはなんですの？　私の方が強いはずなのに！　私に逆らい、あんな君主のような目を！　本当に気に入りませんわ！」

寧々の指が、再び人形の首をつかむ。今度は両手だった。完全に絶命させるように、その手に強い力が込められる。

「鷹さまも雛さまも、みんな私の言うことを聞けばいいのよ。ええ、そうなりますわ。鷹さまだって、私に逆らってはいけないと気づいてくれるはずでしてよ。もうすぐ、もうすぐ……ね」

首がぽきりと折れた人形を愛《いと》しげに抱いて、寧々は微笑《ほほえ》んだ。

「雛さまを追い出す機会は、まだいくらでもありますわ……鷹さまの宝石だって、私の手元で止めておけばよくてよ。南保家の力を使えば、鷹さまの宝石事業を邪魔することだってできますわ。鷹さまはお困りになるでしょうけど、それが私の狙いですもの。私はけして諦めませんわよ……鷹さま、あなたと、土岐宮家を手に入れるまでは……！」

◇◇◇

「……といった事情もあったが、その上で、吾妻家からの強い意向で私と南保侯爵夫人は婚約した。彼女には爵位はないが、吾妻家からの高額の持参金と土岐宮家への貢献を見返りに、本家の老人が婚約を認めた。私も、本家の老人が勧めるのなら、後継者争いに有利だろうと承諾した。その時点で、彼女と顔を合わせたのはパーティの場での数回だけだ。個人的な話はしたことがない。ただ、上昇志向の強い人物で、縁談にはとても乗り気だったと聞いていた。ここまでは納得できただろうか?」

春華と寧々の襲来の翌日。

土岐宮家のサンルームで、鷹が傍らの雛に尋ねる。

鷹が寧々のことを『吾妻嬢』や『寧々』と呼ばず、あくまで『南保侯爵夫人』と呼ぶのに、雛はまだ気づいてはいない。

「はい。わたしも、華族の間ではそういった婚姻が多いことは存じております」

「話が早い。だが、南保侯爵夫人はその後、南保侯爵に見初められ、求婚された。通常ならば先約があると断るはずの縁談だが、南保侯爵家は私のいる土岐宮伯爵家より爵位が上だったため、彼女の気を引いたようだ。もちろん、私が本家の後継者になれば、彼女は南保侯爵夫人よりさらに格上の土岐宮公爵夫人になれる。だが、彼女や吾妻家はそれにはまだ、確証がないと考えたのだろう。南保家に、土岐宮家にも劣らない財産があったのも判断材料の一つとなったに違いない。――そして、彼女は私との婚約を破棄し、南保侯爵と結婚した」

足を組み替えた鷹が、はらりと額に落ちた髪をかき上げる。

その様を、雛はじっと見つめていた。

雛の目に視線を合わせ、鷹が口の端を持ち上げた。

「家名に泥を塗られたと本家は激怒したが、正直、私にはどうでもいいことだった。妻にするのならば爵位のある女性の方がいいと思っていたし、それくらいのことで心変わりする人間は、いざ結婚しても必ずなにか問題を起こす。昨日のことがいい例だ。裏切られたことには猛烈に腹が立ったが、それだけだ。よし音《ね》さんや圭は、いきさつを誤解しているようだ」

「爵位の」

「ん？」

「爵位の有無は、それほど鷹さまにとって大切なことなのでしょうか……？」

おずおずと問う雛に、鷹は「当たり前だ」と応じる。

「きみも、小邑女侯だろう？」

「はい……それは、そうですが……」

「つまり、きみの侯爵位は私の伯爵位より優れている。夫の私にとっても武器になる。自明のことだ」

　雛が胸元に手を当てる。

　青い目が、物憂げに翳《かげ》った。

「どうした？　この家では女侯爵としてふさわしくない待遇を受けていると不服か？　なんでも正直に言いたまえ。私にはきみを妻らしく扱う義務がある」

「義務、ですか」

「ああ。私はきみの夫だ」

　少しだけ、口調をやわらげた鷹が、雛と目線を合わせる。

「きみに不甲斐《ふがい》ない夫だとは思われたくない。ふさわしくないのは食事か？　着物か？　宝石か？　それとも舞踏会や晩餐《ばんさん》会の姫君になることをきみは望んでいるのか？　願いは口に出してほしい。私がそれをかなえよう」

　強くまたたく鷹の漆黒の眼差《まなざ》しに晒《さら》され、雛は首を横に振る。

「そんなものはいりません」

　そうだ。そんなものは、欲しくない。義務だなんて言われれば言われるほど、胸が苦しくなるだけだ。

　でも、それ以上を望んでいるなんて、言えない――。

鷹の言う「義務」が雛の考えているようなものではないことに、雛は思い至らない。

それどころか、雛は自分が道具として切り捨てられたと傷ついていた。

今にもにわか雨の降りそうな雛の目を、さらに鷹が覗《のぞ》きこみ、首をかしげる。

「もしかして、雛、きみは」

鷹の顔がさっと曇る。それから、なにかを恐れるように口をつぐんだ。

「？　鷹さま……？」

鷹もまた、雛を誤解していた。

着物も宝石もいらないのなら、土岐宮家の女主人の座もいらないのだと、気高いこの少女を引き留めるには、やはり、俗世の栄華などなんの意味もないのだと。

そう、思ってしまったのだ。

黙り込む鷹に、雛が不安げに聞く。

「どうなさいました……？」

「……いや。気にするな、大丈夫だ。だが、言いたいことがあるときは、ためらわず言ってほしい。私はそれほど度量の小さな男ではない。きみの望みならどんなことでも――」

「鷹さま、それなら、わたし……いいえ、なんでもないんです。お気を遣わせて申し訳ありません」

「遠慮をしているなら不要だぞ」

「大丈夫です。お屋敷《やしき》で、わたしはとてもよくしていただいています。わざわざ鷹さまのお手を煩わせるような願いなんて、ありませんわ」

「そうか、ならいいのだが……」

互いのやり取りに、どことなく嚙み合わないものを感じながら、そう鷹が口にした。そして、懐から取り出した懐中時計にさっと目をやる。

「すまない、雛、時間だ。話の続きはまた後で……」

「承知しました」

そんな鷹の言葉に、雛は完璧な笑みで応じる。

完璧すぎて不自然なことに、急いでいる鷹は思い至らない。

「悪いな。加えれば、私が昨日の食事会でなにを狙っていたのかだけは、まだ言えない。時間がないときみを誤魔化すことはしたくないから、はっきり告げておく」

「かしこまりました。でも、そこまでご配慮いただかなくても、わたしは大丈夫です。今から向かわれるのは、本家の……土岐宮公爵家のいきなりのお呼び出しなのでしょう？どうか、お気をつけて……」

「ありがとう」

言葉を切った鷹が、指先で雛の手の甲にそっと触れる。

「――その一言が、私の勇気になる。これまで、私は一人だと思っていた。だが、そうではないのだと気づかせてくれる」

大切なものを見る柔らかさが、一瞬、鷹の冷ややかな目を包んだ。それは本当に一瞬で、雛はその瞬間を捉えることができなかった。だから雛は、作られた完璧な笑みのままで鷹に答える。

「鷹さまはお一人などではありません。土岐宮伯爵家は鷹さまのものです。伯爵家の者すべてが、鷹さまを応援しております」

雛が、他意なく慰撫《いぶ》する手つきで、空いていた方のてのひらを、鷹の指の上へと乗せた。

「きみも、そこにいるのか？」

唐突な問いかけにも、雛はその完璧さを崩さない。

「おります。私は土岐宮伯爵夫人です。さ、行ってらっしゃいまし、鷹さま」

「芸のない繰り返しで悪いが……ありがとう。それでは」

鷹がサンルームを出ていく。

雛はうつむき、それまで、鷹の指があった場所を確かめるように手を動かした。

触れ合ったぬくもりははかなく、あっという間に消えていく。

「でも、いても、いいのかしら……」

口に出された声は、それまでの令嬢ぶりとは違って、困惑する少女のものだった。

「義務で守られているわたしが、ここにいてもいいの……？　親も財産もないわたしより、寧々さまの方が……？」

伏せられたまつげが、頬に影を作る。

鷹といた時とは打って変わった物憂さが、雛の全身を覆っていた。

寧々との間に起きたことは、鷹には言わないでおこうと決めていた。

その決意が揺れる。もどかしい、切ない思いが胸を叩《たた》く。

答えの出ない自問自答を、雛は繰り返していた。

◇◇◇

サンルームでの雛との会話から数時間後……。

圭を従えて本家から帰宅した鷹が、執務室の扉を乱暴に閉める。その顔は、怒りに歪《ゆが》んでいた。

原因は、先ほどまで行われていた、土岐宮本家の老人との会談だ。

「……虫けらどもめが……！」

低音で絞り出される声とともに、だん、と拳が執務机に振り下ろされる。

目の前に、そのときの光景が蘇《よみがえ》るようだった。

いつもどおり、奥の間の和室に座り、立ち上がることもしない老人。いつもと少し違うのは、そこにすり寄る小さな魔女めいた顔があることだ。

『春華……？』

思わず口に出してしまった鷹に、春華は手を叩かんばかりにして喜ぶ。

『わあ、お異母兄《にい》さま、本当に来てくださった！』

そんな春華にくつくつと老人が笑い、それから、無感動な目で鷹を見る。

『儂《わし》に逆らえる人間などおらぬ』

『おじいさま、素敵だわ。あたしもそんな風になりたい』

『ならば、土岐宮公爵家の後継者となれ。さすれば、いかなることでも思いのままよ』

『ええ。あたし、頑張るわ』

わざとらしいやり取りを苦々しく思いながら、鷹は老人に尋ねた。

『なんのご用ですか、御前《ごぜん》。こんな娘も同席させるとは』

『春華のたっての願いでな』

ひく、と自分の目元が動くのを鷹は感じた。

この老人が、誰かのために？

『あたし、それだけの貢献をおじいさまにしたのよ』

老人の肩に手をかけ、春華があでやかな笑みを浮かべる。

『最近のお異母兄さまが冷たいから、あたしだって土岐宮家の人間なんだって、お異母兄さまと同じ場所にいる人間なんだって、それを伝えるために、おじいさまとお異母兄さまとのお席にご一緒することをお願いしたの』

『馬鹿な……』

『失礼ね。あたし、馬鹿じゃないわ。ね、おじいさま』

『そうだな。春華、おまえはよく働いた。――南保家が頭を下げてきた。財産があることにかまけて、爵位の上下も理解できないようなあの家が、だ』

寧々との婚約破棄で生じた吾妻家との亀裂以外に、南保家と土岐宮家の間にも華族らしい確執があった。

爵位だけならば土岐宮公爵家の方が上だが、財産面では劣らないと信じている南保侯爵家は、これまで、土岐宮家に敵愾心《てきがいしん》を持っていたのだ。

鷹と寧々の婚約を破棄させたのには、そんな南保家の面子《めんつ》も関わっていた。それを、当主が寧々に代わったとはいえ、こうもあからさまに態度を変えてくるとは！

『全部、あたしの口添えでね』

『春華、貴様』

なにを企《たくら》んでいる？　そんな台詞《せりふ》は鷹の喉の奥に消えた。老人が、鋭い眼差しでこちらを眺めていることに気が付いたからだ。

『鷹、おまえの言いたいことはわかる。おまえと春華の間にあることもな。これでも儂は土岐宮家の棟梁《とうりょう》よ。だが、今回だけは素直に認めるがいい。おまえは春華に後れを取ったのだ』

ぐっと鷹が歯を嚙《か》みしめる。

常盤《ときわ》公爵家との間に鷹と雛が縁を結んだとき――結果的に春華は常盤夫人に疎まれ、後継者争いで一歩後退した――この老人はことのほか喜んだが、今回はそれをしのぐほど上機嫌だ。いったいどんな条件で、南保家は土岐宮家の軍門に下ったのだろう？

『見ろ、春華。いい眺めだ。たまにはこうして鞭《むち》を入れてやらねば、どんな駿馬《しゅんめ》も走ることをやめる。ああ、本当に愉快な見世物よ。誰が最初に終点につくか、まだまだ予想もできないのう……』

鷹は、その時の老人の顔を思い出し、もう一度執務机に拳を振り下ろした。

圭はなにも言うことはできない。

執事の彼は、本家の奥の間に入ることはできないのだ。だから、そこでなにがあったかをうかがい知ることもできなかった。ただ、鷹の様子から、よほど不本意なことがあったのだろうと想像するだけだ。

「圭、春華と例の夫人……南保侯爵夫人の調査は進んでいるか」

唐突に声を掛けられた圭が、すべらかに返事をする。

「はい。鷹さまのご命令通り、着実に進めております。一両日中には中間報告書をお渡しできるかと」

それに、鷹はようやく普段の顔を取り戻し、満足げにうなずく。

雛の襲撃未遂事件が起きたあの日、春華と『誰か』の接近を危惧することを、鷹と圭は話題に出していた。その『誰か』は、寧々だったのだ。

春華と寧々――二人の繋《つな》がりは、春華が、寧々を利用して雛の排除を企むよりさらに早く、鷹に察知されていた。

鷹は、大切な雛を襲われ、そのことで自身も怒りに満たされたとしても、衝動に身を任せて敵を見失うほど愚かではなかった。
「そうか。雛の襲撃は防げなかったが、春華があの女性……南保侯爵夫人に接近している
ようだ、との噂《うわさ》の段階で、調査を始めていた甲斐《かい》があったな。これも、おまえたちが春華
をしっかりと監視してくれていたおかげだ」
普段より柔らかな鷹の口調に、圭は軽く目を見開く。
今までの鷹ならば、こんなときはもっと冷たくあしらったはずだからだ。
「勿体《もったい》ないお言葉、ありがとうございます」
「礼を言うことでもあるまい。南保侯爵夫人の件は、おまえの進言もあってのことだ。弱
者でなくとも、他人を……春華を頼る人間もいるのだな」
「率直に申しまして、あの夫人は毒虫です。頼るのではなく、春華さまも食いつくそうと
しているのではと」
「虫けら同士、共食いでも始めればちょうどいい。ならば、あれらとの食事会などという
茶番も少しは役に立ったか」
「大いに。お二人の繋がりや、出会いのきっかけを明らかにする証左になりました」
「重畳だ。さて、今日、私は春華に屈辱を味わわされた。叩き潰してやる。そう思うのは
正しいな？」

「私めごときにお尋ねにならなくても、鷹さまはいつでも正しくおられます」

「いい返事だ。本家の老人も春華のついでに潰せればいいのだが、まだそれには力が足りぬ」

鷹が、ぎゅっとこぶしを握る。それから、ふっとその手の力を抜いた。

「しかし、足りないのならば補えばいいのだ。いかに悔しくとも、今はただ力を蓄えよう。腕を振り下ろすのはいつでもできる。肝心なのは、手を下す場所と時だ。いつか、ただの一撃で、私が土岐宮家の頂点に君臨するものだと、思い知らせてやろう」

遠くを見てそう言う鷹に、圭は無言で一礼をした。圭はこの主人に、どこまでもついていくつもりだった。

「そういえば、雛は」

「雛さまが、どうかなさいましたか？」

「最近、歯切れの悪い態度が多い気がしてな」

「私が、雛さまを庇《かば》って怪我《けが》をしたことをお気にされているのでしょうか」

「それもある。だが、それ以外にもなにかを抱えているように思われる。屋敷《やしき》の中に、雛を軽んじるような者がいるか？」

「それはないかと。鷹さまの奥さまであられることを抜きにしても、雛さまのお人柄は屋敷の者に大変慕われています。台所で使用人とともに皿を磨いてくださる令嬢など、雛さまくらいでしょう」

「ならば、なにか不足なのか……雛に尋ねても、そんなことはないと言う……最近、春華や南保侯爵夫人のことに気を取られ、雛を見ることがおろそかになっていたのは確かだ。しかし、雛はそんなことで腹を立てるような娘ではないと思うのだが……」

「仰せの通りです。雛さまは、ご自身より周囲を大事にされる方です」

だから、雛はこんなにも鷹の心の奥深くへ食い込んだのだと圭は思う。

もし、契約で娶《めと》った妻が雛でなかったら、今の鷹も存在しないだろう。

「そうだな、事態が落ち着いてきたら、私も雛にそれとなく聞いてみよう。おまえも注意を怠らないでくれ」

「かしこまりました。気づいたことがあれば、すぐにご報告いたします」

「……話がそれたな。それでは、あの件について……」

執務室での鷹と圭の密談は、それから長く続いた。

第四章　謀略の渦

「よし音《ね》さま、急にどうかなさいましたか?」

事前の連絡もなく屋敷を訪問してきたよし音に、雛《ひな》が首をかしげる。

今日は鷹《たか》も圭《けい》も、商用で屋敷を留守にしていた。相変わらず新事業は思わしくないようで、雛と鷹が会う機会も減ってしまっている。お茶会の予定も、何度か反故《ほご》にされていた。

「気がかりな話を聞いたものだから……」

「なんでしょう? あ、こちら、いつかお会いしたときに渡すようにと、鷹さまからお預かりしています。お先に。鷹さまは、先日の万年筆とインクがとてもお気に入りになって、そのお礼の……舶来物の香水だそうです」

「まあ。あの子にしては気が利くわね。でも、雛さんを差し置いて、こんないい物をいただくのは気が引けるわ」

「いいえ、わたしなんて……」

「またそんなことを言う。あなたは、自身の価値をわかっていないのよ。もしかしたら、鷹も。わたくし、鷹をひっぱたいてやりたいわ」

「そんな、穏やかでないこと。本当に、どうかなさいました？」

「どうもこうも。あなたのほかに側女《そばめ》を置くなんて、わたくし、断固反対しますからね！

あの子は馬鹿だわ。自分に必要なものはもうとっくに手に入れているじゃないの」

雛の顔がさっと曇る。

側女、つまりは愛人だ。それを持つ話を、鷹はよし音に打ち明けるまで進めているのだろうか。

だとしたら、わたしはどうすればいいの。いいえ、早合点《はやがてん》はいけないわ。まずはお話をきちんと確かめてから……。

「よし音さま、そのお話は、どこから……」

「あるお方のサロンで耳にしたのよ。雛さんは名前も知らなくていい卑しい女が、鷹が名声だけでなくさらなる財産を求めていると喧伝《けんでん》していたわ。春華《はるか》さんまで一緒になって……あの子は、土岐宮《ときみや》家の恥ね」

ああ、そういうことか、ならば、それは――。

「……それは、本当かもしれません……」

うつむく雛に、よし音が今にも席を立つような仕草をする。

「なんですって？　やはり鷹に直談判《じかだんぱん》しなくては。このまま社交界にお話が広がったらどうするの。雛さんに恥を見せることになるわ。今日は鷹はどこ？」

「落ち着きになってくださいまし。鷹さまよりなにかお話があったわけではないんです。ただ、わたしに財産がないのは本当ですから……そういう意味です」

「ああ、そうなの。それならまだいいけれど……」

そこまで言いかけて、よし音がキッと顔を上げる。

「いえ、よくなくってよ！　財産ならば鷹は余るほど持っています。でも雛さん、あなたは世界に一人だけだわ」

「ありがとうございます……でも」

「でも、は、いらないわ。あなたはもっと超然とかまえていなさい。あなたはこの家の女主人よ。土岐宮鷹に必要とされている女性よ。もし、鷹が春華さんと一緒になって馬鹿なことを言い出したら、それこそ、あの子は自分のことがちゃんとわかっていない証拠。笑い飛ばしてやりなさい。まったく、体ばかり大きくなった子どもには本当に困ったものだわ。あなたはあの子の母親ではないから、すべて許してくれるとは限らないのに……」

「そうでしょうか」

よし音の言葉に、どう応じたらいいかわからなくなった雛が、曖昧な笑みを浮かべる。

その肩に手を置き、あたたかな視線でよし音が雛を見た。

「そうよ。もし鷹が側女など置いたら、あなたはきっと、土岐宮家から姿を消してしまうでしょう？ そうしたら、あの子は今度こそ本当に孤独になるわ。それに、鷹を支えてきたあなたは報われるべきだわ。鷹に軽んじられる理由はなくってよ」

「よし音さま……」

「わたくしは、雛さんのことも鷹のことも好きなのよ。だから二人には不幸になってほしくないの。もし、わたくしに二人のためにできることがあれば、なんでもするわ」

「そのお言葉、とても嬉《うれ》しいです」

「では、隙を見せた鷹と、余計なことにばかりくちばしを容《い》れる春華さんにお説教をしましょう。特に春華さん！ 義姉であるあなたを軽んじるなんて、土岐宮家の女らしくないわ！」

「——よし音さま、お言葉ですが、今は」

「雛さん？」

「今はまだ、お二人を、そっとしておいていただけないでしょうか……？ よし音さまのご好意は本当にありがたいことだと感じています。ただ、鷹さまは今、新事業のことでご苦労をされていて……」

食事会の場で宣言したように、寧々《ねね》が鷹の事業の力になる気なら、余計なことを言ってはいけないという雛の考えは変わっていなかった。

だって、わたしはもともと、『廃屋令嬢』ですもの。今さら社交界でなんと噂されようと平気だわ。それより、鷹さまのお仕事の邪魔にならないように……そちらを大切にしたいの。

「雛さん、あなたは優しいのね……。その優しさが鷹を惹《ひ》きつけたのかしら？　なら、わたくしもあなたの言うことを受け入れた方がいいわね。でも、あまりにも目に余ることがあれば、わたくし個人からとして注意するわ。それならよくって？」

よし音がいたずらっぽく笑い、「反論は認めないわ」と付け加えた。

「ではこれで、つまらない話はおしまい！　雛さん、あなた十二階《じゅうにかい》に行ったんですって？　どうでした？　愉快なところでしょう？」

「ええ。よし音さまのおっしゃっていた通り、賑《にぎ》やかでとても素敵でした」

そこまで口にして、雛ははっと、まだ渡せていない鷹への土産のことを思い出す。

あの日以来、いろいろなことがありすぎて、おこしの包みは雛の部屋に置いたままだった。

あれを、お渡ししたいわ。

雛の胸の中でざっと風が吹いた気がした。

わたしは鷹さまにただお会いしたい。そばにいたい。それだけなの。

我儘《わがまま》なことだとわかっていても、いつもわたしの中にいる、あの方に――。

これまで形にするまいとしてきた願いが、よし音との会話によって確かな輪郭を得ていくのを、雛は半ば呆然《ぼうぜん》としながら味わっていた。

◇◇◇

「春華姉さん」

別邸のバルコニーから外を眺めていた春華の隣に、祐樹《ゆうき》が立つ。

そばかすの目立つ頬と、大きいのは大きいが、どこかこずるい印象を与える眼鏡の奥の瞳。そして、かりかりに痩せた体が印象的だった。

祐樹は春華の弟で、春華と同じ母から産まれた。そのため、鷹には異母弟《おとうと》に当たる。

彼もまた、土岐宮の名のもとに、土岐宮本家を狙うレースに参加していた。

「あら、祐樹、どうかして？」

この姉弟は、同じ、土岐宮家の別邸に暮らしている。

聞き慣れた声に、春華が振り向いた。

「僕のところに、鷹異母兄《にい》さんが雛さんを離縁するかもしれないって話が届いたよ」

「そう。よかったわ。あんな女、お異母兄さまにふさわしくないもの」

得意げに笑う春華に、短いけれどしっかりした調子で祐樹が告げた。

「やめろよ」

その声に、春華は表情を一変させ、きりりと柳眉を逆立てる。

「——なんですって？」

「どうせ、話を振りまいてるのは、姉さんと寧々さんだろ」

「なにを根拠にそんなことを思いついたのかしら」

春華がくるっと体を返し、祐樹に向き直った。バルコニーの手すりにもたれている春華の髪が、ふわりと風に舞う。

弟の顔を見つめ、春華がまた笑った。

魔女は今日も美しく、そして、忌まわしかった。

「僕だって土岐宮家の後継者候補だ。その程度のことは耳に入る。姉さんは僕を侮りすぎだ。寧々さんはうまく隠れてるみたいだから、普通の人にはわからないかもしれないけど、僕は知ってるよ」

「お異母兄さまもご存じかしら？」

「さあ。まだ知らないかもしれないね。異母兄さんは新事業にかかりきりだし、でなければ雛さんをこんな状況に置くもんか」

「そうかも、しれないわね」

悔しげに春華が言葉を続けた。

「だけど、知るのも時間の問題だろう。そんな姉に祐樹が懇願する。……僕は、姉さんにはもっと正々堂々としてほしい。こんなやり方はやめてくれ」

「祐樹、急にどうしたの？　あなたも土岐宮本家を狙って必死で走っていたじゃないの。今までなら、あたしがお異母兄さまの邪魔をしても、自分が一歩前に出るだけだと喜んでいたじゃない。あなたとお異母兄さまの間には、情なんてものはなかったはずでしょ？」

「……姉さんは、寧々さんに利用されているだけだ」

「気でもおかしくなったのかしら」

「おかしくない。僕は正気だ。僕だって手持ちの人間がいる。姉さんたちのしていることを考えもする。姉さんたちのすることでいちばん得をするのは誰？　寧々さんじゃないか？」

「あたしだって、得をするわよ」

「いちばん得をするのは誰？　って聞いてるんだ」

「うるさいわね、あたしよ！」

春華が足を踏み鳴らす。

口を尖《とが》らせたその姿はまるで聞き分けのない子どもだが、見くびってはいけない。

これで春華は冷酷に事を行う支配者でもある。異母兄《あに》の鷹に関することになると、なんの良心の呵責《かしゃく》もなくなるのも厄介だ。

「……あたしのはずだわ。この前だって、南保《なほ》家のことでおじいさまに評価していただけた。お異母兄さまが寧々さまをいらないと言うから、その寧々さまを使って、目にもの見せてあげたのよ。あのときのお異母兄さまの悔しそうな顔、たまらなかったわ。それで、次は雛さんを追い出して、寧々さまをお異母兄さまの妻にして……最終的にはあたしが総取りするの」

くふん、と鼻にかかった声を出し、春華が続ける。

「寧々さまをお異母兄さまの妻にするのは、ただの前処理だわ。あたしが土岐宮本家の後継者になったら、寧々さまも追い出す。後継者が決まればもう、『婚姻の意思がある』なんて、後継者候補の条件は必要ないものね。あたしは、利用できるものはなんでも利用してやるの」

春華の顔に、笑みが戻る。唇を軽く開いたそれは、蠱惑《こわく》的だがどことなく薄ら寒くなる笑いだ。

「まあ、あなたがどうするかは自由よ。いまだに、婚約者さえ見つけられないあなたはもう、本家を継ぐことなんか諦めてるのかもしれないけど」

「諦めてなんかいない」

「そう？　じゃあ、どこのご令嬢を妻に？」

「……未定だよ」

「聞こえないわ。もう一度」

「未定だよ！　これで満足か！」

「ええ。最近受けた、あなたが妻探しに熱心でなくなったという報告を、これで裏打ちできたもの。満足だわ」

それを聞いて、反射的に、祐樹が一歩下がる。その様子を、バルコニーにもたれたまま、春華はにんまりと見ていた。

「あたしだって、あなたを監視してるのよ。あなたはあたしの可愛《かわい》い弟だけど、本家を狙う対抗者なのに変わりはないわ。……ねえ、あなたがこんなに熱心になるのは、あたしの身を案じてのことじゃない。雛さんが気になるのでしょう？」

一歩分開いた距離を詰めた春華が、祐樹の顎を人差し指で、くい、と持ち上げる。

「あの女は最低の泥棒ね。あたしの好きなものを全部取っていこうとする……」

「違う、僕は」

ある面での図星を指された祐樹が、慌てて春華の指を外した。そして、何度も首を横に振る。確かに彼のこの行為の理由は、姉への慮《おもんぱか》りだけではなかった。

もちろん、姉を心配する祐樹の気持ちは大きなものではあったけれど……その中に、あの、ひたむきで健気《けなげ》な義姉を守りたい思いが混在しているのも確かだった。

祐樹は春華よりずっと常識的であったから、夫のある人にこんなことを考えてはいけない、と懸命に自分を押しとどめてはいたけれど、きっと、その堤防が決壊するのも時間の問題だろう。

「いいじゃない。あたしがお異母兄さまに夢中なように、あなたも自分に正直になれば」

今度はすべての指で、春華が祐樹の頬を撫《な》でる。背教を迫る悪魔めいた仕草から、祐樹はなんとか離れようと身をよじった。

そんな弟には頓着せず、春華が嬉しそうな声をあげる。

「そうだわ！　あたしが追い出した雛さんをあなたが妻にすればいいんじゃなくて？　そうすれば、雛さんも『廃屋令嬢』に戻らなくてすむし、あなたは改めて後継者候補の資格を持つ。素晴らしい考えだわ」

「本気で言っているのか?!」

「ええ。誰も損をしない、素敵な工夫じゃない」

「雛さんの意思を考えろ！」

「あんな女の意思なんかどうでもいいわよ」

吐き捨てる調子で春華に言い切られ、祐樹は困ったように、がしがしと髪をかき回した。

「姉さんにはついていけないよ……。とにかく僕は警告した。あまり寧々さんを信頼しないで。土岐宮家に容易《たやす》く他人を入れてはいけない」

「嫌よ」

「姉さん……」

「あたしはあたしのしたいようにするわ」

祐樹がため息をつく。

「姉さんがそこまで言うなら仕方ないけど……でも、覚えていて。寧々さんは味方ではないと、僕は思う」

じゃあ、と祐樹が手を振り、バルコニーを出ていく。

その祐樹の背後から、甲高い笑い声が聞こえた。

「アーハッハッハ！　雛さんの苦境は祐樹にまで伝わってる！　いい気味よ！　本当に、いい気味！」

◇◇◇

数日後……。

「雛さま、今回はこのようなことをお頼みして申し訳ありません」

圭が、すまなそうに雛に頭を下げる。

その姿を見て、雛が優しく微笑《ほほえ》んだ。

「いいんです、上杉《うえすぎ》さん」

「鷹さまも、本来なら直接お願いすべきだとおっしゃっていたのですが、どうしても商用が立て込んでいて……」

この日は、常盤《ときわ》夫人が主催する謡曲会が開かれる日だった。

常盤夫人は、常盤公爵の妻だ。華族の中でも最高位の公爵位と豊かな財産を持つ夫に恵まれ、自身も社交界に隠然たる影響力を持っていた。

常盤公爵家と鷹は不仲な時期もあったが、舞踏会の場で追い詰められた夫人を雛が助けたことで、今では表面だけではない共闘関係を築いている。

そんな常盤家からの招待だ。鷹も、忙しい毎日ながら、この謡曲会には出席するつもりだった。しかし、どうにもできない用事が重なってしまい、そこで鷹が思いついたのが、常盤夫人がことのほか可愛がっている雛を自分の代理にすることだった。

「大丈夫。鷹さまがお忙しいのは存じ上げております。力不足かもしれませんが、精一杯、鷹さまの名代を務めて参ります。……いかがかしら、この着物。鷹さまがご用意してくださったのですけど……」

その場で雛がくるりと一周する。

無邪気な姿に、思わず圭は目を細めた。

「大変よろしいかと。会にどんなご令嬢がおられても、雛さまの輝きに敵《かな》うことはないでしょう」

圭の言う通り、今日の雛は和装だが、とてもモダンな装いをしていた。正道を踏まえながら、それを多少崩した豪壮な姿だ。

淡い白のお召しは、柔らかく上質そうで、だがその分、わずかに強さに欠けていた。しかし、そこに大きく鮮やかな孔雀《くじゃく》の柄を入れることにより、見る者に忘れられない印象を与える。帯は孔雀模様の色に合わせ、渋い茶色の地に緑や赤の織を規則的に散らした、現代的な意匠のものだった。

そして、その帯にきらめいているのが、鷹が雛に贈った瑠璃の帯留めだ。孔雀の羽の色にも似たそれは、こなれた着こなしにぴりっとした華を添えている。

「よかった。鷹さまのお見立てはいつも確かだけれど、服に着られてはいけませんから」

「雛さまは、お美しいですよ」

「まあ」

「天上の美姫《びき》も霞《かす》むようです。雛さまはもっとご自身の魅力にご注意なさらなくては」

ふわ、と雛の頰が赤くなる。

雛はまだ、容姿を褒められることに慣れていない。いつも下を向いていた、『廃屋令嬢』だった期間が長すぎたのだ。けれど、こうして盛装した雛は、本当に美しい。

こぼれ落ちそうなくらい大きな瞳は、鷹がいつも褒める通り、空を落とし込んだように、青く澄んで輝いている。その下にあるのは、優美な曲線を描く鼻梁《びりょう》。高すぎず、低すぎない、絶妙の造形だ。むっちりした唇の良さも言うまでもない。

その上で、最近の雛の中で目を惹《ひ》くのはえくぼだ。土岐宮家で暮らすことによって、痩せて貧相な様子から、少女らしい、ぱん、と音のしそうな張りを取り戻した肌には、今では小指の先が沈むほどの、深く愛らしいえくぼも蘇《よみがえ》っている。

「そんなこと……それより、しばらく謡《うたい》から離れておりましたから、楽しみです」

「謡がお好きなのですか」

「ええ。一通り習いましたし、父と母が健在のころは、能楽堂に連れて行かれたことも何度もあります。わたしは井筒《いづつ》が好きです。『君ならずして誰《たれ》かあぐべき』……とても素敵だわ」

「彼らの深い結びつきは、まるで鷹さまと雛さまのようですね」

圭は心からそう言ったのだが、会場の警備のことに思いを馳《は》せていて、それに対する雛の微妙な表情の違いを見落としてしまった。

雛は、柔らかく微笑んでいたが、一瞬、そこに悲しい影が落ちたのだ。

――そうね。二人、井筒のようになれたら。でもあれは、有常《ありつね》の娘と業平《なりひら》が本当に想《おも》いあっていたから……。

鷹さまの中には、今、誰がいるの？　有常の娘は、一度は離れかけた業平の心を再び引き寄せたけれど……わたしは彼女のように、上手な歌は詠めないわ。寧々さまのように、財産もない……有常の娘には、なれないかもしれない……。

けれど、雛はすぐに痛む胸を立て直す。

こんなことを考えているのが伝われば、圭を困らせるとわかっているからだ。

だと思わせた。


「だといいのですけれど」

表向きはゆったりとした笑みを浮かべたまま、雛が目を細める。その様は、雛の小柄さからは想像もできないほど揺るぎなく、さすがは、土岐宮家と小邑《こむら》家の二家を背負うものだと思わせた。

圭もそう受け止めたのだろう、どこか誇らしげな様子で雛と向き合う。

「雛さまならば、有常の娘にも、葵上《あおいのうえ》にもなれますよ。さ、ご支度は整いましたか？」

「はい」

「会場には、常盤公爵家の方々以外に、目立たぬよう土岐宮家の人間も配置しております。私がご同道できず申し訳ないのですが、あれだけの護衛がいれば、雛さまに誰かが手出しできることはないはずです」

「ご安心なさって。常盤夫人との約束は、簡単になかったことにできないのもわかっております。しっかりと、今までよりさらによいご縁を結べるよう、務めて参ります」

「本当に、雛さまはこの家の女主人たる方ですね。堂々として、まさに女侯爵です。鷹さまは、雛さまをご自身の代わりに行かせることが、雛さまのご負担ではないかとご心配なさっていたのですが、杞憂《きゆう》でしょうと僭越《せんえつ》ながらお伝えしておきます」

「ありがとうございます」

「では、馬車が雛さまをお待ちです。ポーチへ足をお運びください」

◇◇◇

馬車から降りた雛が、謡曲会が行われる常盤公爵家の門をくぐる。

そこは、相変わらず巨大で、その造りの見事さも土岐宮本家に優《まさ》るとも劣らない。

顔見知りのドアマンに玄関ホールに通され、常盤家の執事に謡曲会の行われる和室に案内されたとき、雛の耳に聞き慣れた声が飛び込んできた。

「雛さま～！　お会いできて嬉《うれ》しゅうございますわ」

待ち構えていた常盤夫人が、はしゃいだ様子で雛を迎える。

常盤夫人は年齢はよし音と同じ五十代くらいのはずだが、つるりとした肌と、屈託のない表情が、彼女を随分と若く見せていた。今でも充分整っているが、独身の頃はさぞ、と人に思わせる顔立ちだ。

「夫人、ごきげんよう。今日はお招きくださりありがとうございます。鷹さまの名代でおうかがいいたしました」

「ええ、ええ、使いの方にお聞きしました。かえって雛さまが来てくださるなんて！　嬉しい誤算ですわ。――あ、こんなことを言うと、鷹さまをないがしろにしていると雛さまに叱られてしまいますわね」

くすくす、と夫人が口元に手を当てた。それを雛は微笑ましく見守る。

この、少々子どもじみた素直さが、常盤夫人の持ち味なのだ。

「夫人を叱るなんて。名代のわたしをそんなに歓迎していただけて、とてもありがたく存じます」

「雛さまなら主役のようなものですわ。さ、ご用意したお席におつきになって。今日は名人の先生の謡を聞いていただき、それに続いて、皆さままでその謡をひとくさり謡いますのを、今度は先生が聞いてくださいます。その後は皆さまで楽しくお話をいたしましょう。こちら、本日の演目の謡を書いた紙ですわ。雛さまならこのようなもの必要ないかもしれませんが、お受け取りになってくださいましね」

「まだまだ勉強中の身です。喜んで拝受いたします」

「相変わらず謙虚な方ですこと」

夫人が目を細めて雛を見る。いつかの舞踏会で雛に庇《かば》われて以来、夫人は熱烈な雛の信奉者となっていた。その夫人が、ふと、声を抑えて、雛に耳打ちをする。

「あの、雛さま、会が終わりましたらお話がございますのよ。残ってくださいましね」

「？　かしこまりました。本日も、よろしくお願いいたします」

なにかしら？　と思いながら、雛は夫人の言葉にうなずいた。

満足そうにした夫人が、「それでは」と別の客の応対に向かう。

雛は、土岐宮家のためにしつらえられた席に、静かに滑り込んだ。


夫人の謡曲会は、金春《こんぱる》流の大夫を師として招いた、とても盛大なものだった。

大夫の謡はもちろん見事なもので、雛は聞き惚《ほ》れたし、その後、自分たちで謡うときも、大夫が丁寧に勘所を説明したため、皆、気持ちよく謡うことができた。

もちろん、会はそれだけではなく、茶菓子と茶が用意され、謡の後は大夫を囲んだ一種の茶話会のようなものとなった。出席者たちは折々に先ほどの謡のことを口にしながらも、自分たちの現在や事業のことを常盤夫人へと伝えるような会話をした。融資や、合併の話を取り付けた者もいた。

鷹が招かれただけあり、そこは、有閑夫人たちがのんびりとさざめく場所ではなく、事業の展開を念頭に置いた懇親会のような意味が強い。

雛も、控えめだがしっかりと、土岐宮商会についての話題に乗り、鷹の名代としての役目を立派に果たしている。

「こんな少女が？」と懐疑の目を向ける者もいたが、雛と言葉を交わせばすぐに、そんな偏見は吹き飛んだ。雛は優雅で、そして、職務上の会話を心得ていた。

そして会は順調に進み、お開きとなる。三々五々、出席者が席を立ち、夫人に挨拶をして帰り支度につく中、雛だけがその場に残ることとなった。

「お待たせしてしまいましたわ。雛さま、ごめんあそばしませね」

「大丈夫です。ほんのわずかな間でした」

皆がいなくなった和室で、雛と常盤夫人は向かい合う。

「お気遣いありがとうございます。雛さま、今日はあたくしのためにお時間をいただき、申し訳ないことでございますわ」

「いえ、今日のことは鷹さまと夫人の間で、ずっと前からのお約束でしたから……」

「会のことではありませんの。今からお話しすることについてですわ」

夫人にそう言われ、雛が首をかしげる。

「そういえば、どのようなことでしょう？　わたしが鷹さまの代わりを務められればいいのですが」

「伯爵ではなく、雛さまのことですの。話しづらいのですけれど、ざっくばらんにお聞きしますわね。……雛さま、あなた、どなたかに恨まれてはおられません……？」

「え」

唐突な夫人の言葉に、雛は小さく口を開けた。あまりに突然過ぎて、二の句が継げなかったのだ。

夫人が、すまなそうに声を潜める。

「雛さまにこのようなことを伺うのは無作法なことですわ。けれど、それ以上に、雛さまはあたくしを助けて下さった恩人。ですから、あたくしにできることがあれば、お力添えしたいと思いましたのよ」

「でも、なぜ、急に？」

なんとか言葉を取り戻した雛が、夫人に尋ねた。

「本当に、気を悪くなさらないでくださいましね。実は、宅に、こんな物が届きましたのよ……」

すっと、夫人が一枚の小ぶりな紙を取り出した。

「口にするのもはばかられる……お見せする方が早いかと思いましたの」

その紙を見て、雛は息を呑《の》んだ。

「黒枠の葉書……！」

四方を黒い色で縁取られた、人間の死を告げる形式の葉書だった。

しかも、黒枠の中には見覚えのある女性の絵が描いてある。

「これは、わたし？」

絵の中の女性の目は、乱暴に青の絵の具で塗られ、胸元には青い石の付いた首飾りを下げていた。そして、その横には、見るもおぞましい文句が書いてあるのだ。

『不貞ノ女侯爵ニ鉄槌《てっつい》ヲ　伯爵ハ彼女ヲ離縁スル』

「ああ……」

雛がひたいに手を当てた。くらくらと襲い掛かるめまいから逃げるように、目を閉じる。

「雛さま！　やはり、お見せしない方がよかった?!」

慌てた声で夫人に聞かれ、「お気遣いありがとうございます」と、雛は目を開ける。こんな場でも、雛は気丈に微笑《ほほえ》みを浮かべていた。

たおやかな見かけとは違う雛の強さに、夫人は、改めて感嘆する。

「先をお話ししてもよろしくて？」

「ぜひ聞かせてくださいまし」

「この葉書は、あたくし宛と主人宛、二枚届いております」

「公爵にも……。でも不貞とはなんなのでしょう？　わたしは鷹さまに忠実です」

「雛さま、今から言うこと、あたくしは、雛さまを貶《おとし》める嘘《うそ》だというのを疑っておりませんからね。……上杉さんと雛さまが道ならぬ関係だと……最近、社交界の雀《すずめ》たちが陰で鳴きますのよ。執事に妻を盗まれた伯爵は、大変にお怒りだと」

「わたしと、上杉さんが?! そんなことありえません！　それに、上杉さんはそんなことをなさる人ではありません。鷹さまとわたしたちのことを第一に考えてくださっています。わたしのせいで誤解を受けているなら、上杉さんにも申し訳ないことです」

「そうでございましょう。あたくしはわかっております。雛さまが伯爵を裏切ることなどないことも。お二人の間に他人が入る隙間なんてないのは自明の理ですもの。そう考えているのは宅の主人もです。でも……こんなお話が広がりかけているのは、雛さまもご存じの方がよろしいかと思いましたのよ……」

じっと、夫人に見つめられ、雛は絶句する。

圭と、自分が？

いったいどこから、なぜそんな？

その上、忌まわしい黒枠の葉書。

まるで雛がもうすぐ死を与えられるようではないか！

今まで、雛は、自分に降りかかることは自分の中に留《とど》めておこうとしていた。

忙しい鷹の手を煩わせたくない、余計な心配を掛けたくない、鷹の邪魔にはなりたくない。それが雛の最適解だった。

けれど、黒枠の葉書はさすがに自らの手に余ると雛は感じた。万が一、この脅しが現実になれば、もっと鷹に手間をとらせてしまうとも。

「このことは鷹さまにお伝えします。できれば、葉書をお預かりして、鷹さまにもお見せしたいのですが……」

「ようございますわ。あたくしだってこんなもの、持っているのは嫌ですもの。——ごめんなさい。今、あたくし、少々安心しましたの」

「え？」

「雛さまが、迷いなく、伯爵にこの葉書を見せたいとおっしゃったでしょう。もしも隠そうとなされば、いかに雛さまの人となりを存じていても、あたくしの心にも疑心が湧いたかもしれません」

あまりにも正直な夫人の言葉に、雛はわずかだが肩の力を抜いた。そして、再び、微笑みを浮かべる。

「やましいことなど、なにひとつないですから。上杉さんはわたしの外出についてきてくださることもありますが、鷹さまのご命令ですることですし……」

「それは仕方ありませんわ！　伯爵も雛さまをご心配なさることもあるでしょう。あたくしだって、執事についてもらって外出することは多々ありますもの。主人も、それでいちいち不貞を疑ったりはしませんわ。当たり前のことです」

あ、と雛が口元に手を当てる。

そういえば、圭には、常盤公爵家の人間以外に、土岐宮家の人間もこの謡曲会には配置したと告げられていた。どこまで鷹が話したかはわからないが、夫人は雛の身になにかが起きたことは知っているということだ。

夫人が、そんな雛の動作を見て微笑んだ。

「雛さま、ご安心なさって。この葉書のこともそうですし、今日も、土岐宮家の方々を普段より多く向かわせるとおうかがいして、あたくし、ぴんときましたの。今、雛さまはなにか災難に見舞われているのでしょう？　もちろん、根掘り葉掘り伺ったりはしませんわ。お相手がはっきりおっしゃらないことを問い詰めるのは淑女にあるまじきこと。でも、言葉にせずとも、伝わることはありますわ」

夫人の手が、雛の手をぎゅっと握る。

「今日の会はご欠席なさっては、とお勧めすることも考えましたわ。けれど、お二人にはきっとお考えがあるのだろう、あたくしごときが口を出しては失礼だろうと、これでも我慢しましたのよ。主人も、身に覚えのない悪評が立った時はいつも通り行動するのが最善だと、お二人を褒めておりましたわ」

「ありがとうございます、夫人。言いづらいことまで話してくださって、改めて、夫人とのご交誼《こうぎ》を天に感謝したいです。知らないふりもできますのに、こうして親身になっていただけて、本当に嬉《うれ》しいです」

「いいえ！　雛さまのお役に立てるなら……。あたくしがあの舞踏会で助けていただいたご恩は、こんなことではまだまだお返しできませんけど……」

手を握り返す雛に、夫人ははにかんだ。相変わらず、雛と同じ、少女のような表情を浮かべる人だ。

「雀たちが、とおっしゃっていましたね。他になにか、夫人の元にお話は届いていますか？」

きっと届いているだろう、それも鷹の知らない話が。そんな確信が雛にはあった。

もし鷹がこんなことを知っていたら、まずは正そうとしただろうし、夫人の謡曲会も万障繰り合わせの上、鷹が出席したに違いない。だが、それをしなかったのは、鷹でさえも把握しきれていない事態の複雑さを感じさせた。

無理もない、と雛は思う。

それだけ、今の鷹は多忙を極めていた。

「……雛さまは貧しいので、伯爵はそれを厭《いと》うていると。ほかに心に決めた方もおられて、雛さまの不貞をちょうどいいものとして離縁なさろうとしていると……」

そこまで言って、夫人が雛から目を逸《そ》らす。

「そんな……！」

自分から聞いたことなのに、雛は夫人の言葉に衝撃を受けていた。

春華が寧々を使ってやろうとしていることと、まるで同じだ。

食事会の席で滔々《とうとう》とまくし立てていた春華の姿が、雛の中に蘇《よみがえ》る。

「雛さま？　お顔が青くてよ。気つけを持たせましょうか？」

「大丈夫です。大丈夫……」

鷹はこんなことは知らないはずだ、と思ったばかりだった。

でも、もしかして。

そんな疑念の薄墨が、雛の白い心に広がる。

鷹さまは、誰かに本音をこぼされた……？　貧しい妻より、財産のある女性――きっと寧々さま――の方が必要だと……それとも、これも、よし音さまがお怒りになったように、春華さんの企て……？

「その話は、春華さんが……？」

「春華さん？　ああ、あの方。違いますわ。あたくし、あれ以来、あの方とはあまり顔を合わせないようにしておりますもの。あの方でなくて、爵位しか取り柄がないような、暇な有象無象の雀たちが無神経に鳴いているだけですわ」

社交界には顔の利く夫人だが、この悪い噂《うわさ》の真の出所——春華と寧々——は彼女もまだはっきりと断定できてはいなかった。

春華は夫人に忌避されていたし、狡猾《こうかつ》な寧々は巧妙にその姿を隠すことで、病原菌のようにひそやかに、雛への悪意の種をまき続けていた。

だが、今の雛にはそこまで思いを馳《は》せる余裕はない。

……春華さんではない。自身に爵位があるのなら寧々さまでもない。ならばこれは、根拠のない噂ではなくて、必然なの……？

青い目の娘であるコンプレックスは、鷹の手助けもあり乗り越えたはずだった。しかし、今度は、亡霊のようにまとわりつく『廃屋令嬢』の過去と現在が雛をさいなむ。

鷹さまを疑いたくない……でも、誰が鷹さまにふさわしいか考えたら……わたしは所詮、『廃屋令嬢』……。

うつむく雛の手を、夫人が再び強く握る。

「雛さま。あたくしの話を聞いてくださいな」

「夫人？」

「あたくし、雛さまなら受け止められると信じてこのお話をしましたの。つらいお話ではあるでしょう。けれど、あの日の雛さまの気高さをあたくしは忘れてはいませんわ。誰一人、動けなかった場所で雛さまだけが平常心を保ち……あたくしを助けてくださった……雛さまは、こんなことで負けるただの令嬢ではないと、そう思っておりましてよ……！」

ああ、と雛が息をつく。

そうだわ、わたしが勝手に負けた気になってどうするの。

鷹さまにきちんと確認して、そして、本当にわたしを離縁なさるおつもりならば、その後のことはそのときに考えればいい。

どうせ、わたしは『廃屋令嬢』。鷹さまに捨てられても、元の生活に戻るだけ。

平気でしょう、雛。

あなたはこれまでそうやって生きてきた。これまでと決定的に違うのは、小邑家に戻っても、わたしの胸の中には鷹さまがおられること。もし、離縁されてもそれは変わらないわ。わたしはもう、ひとりぼっちになることはないの。

鷹さまがわたしをいらないとおっしゃっても、それくらいは許されるでしょう？

そうね、わたしはわたしだわ。鷹さまがいつか言ってくださったように、いつだって自分の足でまっすぐ立つ、わたし。

「ええ、おっしゃる通りですわね、夫人。うっかり、小邑侯爵家の誇りまで失うところでした。わたしは小邑女侯です。家名に恥じることなどしませんし、してもいけない……ありがとうございます。夫人のおかげで大切なことを思い出すことができました」

「本当？　それならよろしいのだけど……。常盤家も協力しましょうか？　あたくしたちにも雀を追うくらいならできましてよ。雛さまをいじめる雀なんて、大嫌いですわ」

「お気持ちはとても嬉しく存じます。でも、そのお返事は、わたしからは控えさせていただきますね。常盤家のお力を借りるときは、土岐宮家から正式に申し入れいたします」

「まあ、なに事も婚家を立てる雛さまは、さすが、奥ゆかしくてらっしゃいますわね。妻の鑑《かがみ》ですこと。あたくしも見習わなくては」

「いやだ、そんな。見習うのはわたしの方です。夫人のように悠然とした姿勢を、いつも持ち続けていたいです」

雛にそう言われ、喜んだ夫人が雛を抱きしめるようにする。そして、頬がくっつくような距離で雛に言った。

「……なんて可愛《かわい》い方！　ねえ、もしも、もしもですわ。雛さまが伯爵とちょっとだけ別の場所にいたいな、なんて思われたら、いつでもあたくしどもの屋敷《やしき》に来てくださいな。離れのいちばんいいお部屋をご用意しますわ。宅は西洋調ですけど、庭の中の離れは和室ですの。静かで、居心地も最高なんですのよ」

「そこまで夫人にお世話になるわけには……」

「水臭いことをおっしゃらないで！　あたくし、雛さまの姉のような気分ですの。もちろん、雛さまは伯爵と仲睦《なかむつ》まじくおられるのがなによりですわ。でも、困ったときは、あたくしがいることも忘れないでくださいましね」

無邪気な夫人にじっと見つめられ、雛がようやく、くすり、と笑い声を漏らした。

「わかりました。そのときは、ご連絡いたしますね」

「よかった。ようやく雛さまの笑い声が聞けましたわ。あのね、あたくし、雛さまが大好きですわ。だから、もう少し、お話しする時間を頂戴してもよろしくて？」

「わたしでよければ、喜んで」

「ようございました。では別室へ……親しい方をお通しする部屋がありますのよ」

夫人に促され、雛が腰を上げる。

その表情は、常盤邸を訪れた時より、随分と澄んでいた。

◇◇◇

「雛、久しぶりだったな。変わりはないか？」

「はい」

いつものサンルームではなく、雛の希望で執務室のソファセットで向かい合わせに座った二人は、どことなく、互いを探るように見合っていた。

わざわざ雛が執務室を指定した理由は、これから語り合うのは娯楽になることではない、と考えたからだ。

……それにしても、鷹さま、本当にお忙しいのね。なんだかお痩せになってしまって。なのに、こんなことでお心を煩わせるのもはばかられるけど……わたしは、決着をつけなければいけないわ。鷹さまのお気持ちを確かめて、わたしらしく、身を処せるように。

「きみがどうしても話があると……いや、実は私からもあるのだが、まずはきみから話したまえ」

その鷹の言葉を聞いて、雛がひゅっと息を呑《の》む。

鷹さまから、お話？

やっぱり、よし音さまや常盤夫人が耳にされたことは本当なのね。

なら、雛、最後まで笑っていましょう。長く続いた小邑侯爵家の当主が無様な姿をさらすなんてことをしたら、わたしは自分で自分が許せない。

でも――念のため、荷物をまとめておいてよかった。

優雅に、ゆったりと、お屋敷を引き払うことができるわ。

そんなことを考えていた雛の顔には、笑みさえ浮かんでいた。覚悟の果てに浮かぶ表情は、強靱《きょうじん》さすら伴って、雛の小さな体を大きく見せている。

「お言葉に甘えさせていただきます。直截《ちょくせつ》に申し上げますね。常盤夫人の元に、このような葉書が届いたそうです」

黒枠の葉書を、雛が二人の間にあるテーブルに載せると、鷹の目が大きく見開かれた。

「なんだ、これは！」

「書いてある通り、わたしを誅《ちゅう》するものかと」

「なぜきみはそんなに落ち着いている？　これは大ごとだぞ」

「それは……」

雛の視線が一度足元に落ちる。

それから、表情を変えずに続けた。

「離縁される身ならば、もう鷹さまに、わたしのことでご迷惑をかけることはないと考えているからです」

「離縁?!」

ガタンと音を立てて、鷹がソファから立ち上がる。

「嫌だぞ!」

鷹の唇から、反射的に言葉が飛び出す。

「鷹さま……?」

雛にぽかんとした目でそれを見られ、鷹が力なくソファに腰を下ろす。

そして大きくため息をついた。

「いや、きみが望むことなら無下にもできない。しかし、理由くらいは教えてくれてもいいのではないか? 不足も不満も、伝えられなければ補うことはできない」

「わたしが、望む? いいえ!」

諦めたような鷹の声に、思わず、雛が強い口調で返した。

「わたしはそんなこと望んでおりません! わたしは、ずっと、鷹さまのおそばに」

そこまで言って、はっと雛が口を押さえる。

告げるまいと思っていた。いや、告げてはいけないのだと——。

けれど鷹は、透き通る黒曜石の双眸《そうぼう》で、雛をじっと見ているだけだった。

そしてめずらしく、おずおずとした調子で雛に問う。

「その先を言ってくれ」

「駄目です……」

「駄目ではない。土岐宮伯爵、土岐宮鷹が許そう、頼む、言え、その先を」

懇願と命令が入り混じった鷹の言葉は、雛の胸を打つ。

どうしても、雛はそれに応えなければいけない気がした。

「……わたしは、ずっと、鷹さまのおそばにいたいのです」

ためらいがちに、つっかえながら、なんとか雛が最後まで口にする。

言ってしまった！

もう、なかったことにはできない。

どんなお言葉が返ってくるかしら。

きっと拒絶ね。ならせめて、傷つかないようにしましょう。

鷹さまへの想《おも》いは、私の中できらきらと輝くものだもの。これだけは、誰にも奪えないわ。

「そう、か――……」

鷹が長く息をつく。そして、目を閉じ、大きなてのひらで顔を覆った。

予想もしなかった反応に、ん？　と、雛が首をかしげる。

「よかった……！」

絞り出すような声だった。

そして、てのひらを顔から外した鷹が、ひた、と雛を見据える。

「きみはここにいるんだな？　いてくれるんだな？」

「ええ。叶《かな》うものならば。でも、よろしいのですか？　わたしは貧しい身。鷹さまになにもお渡しすることができません」

「なにも？　なにを言っている。きみがいるだけで私の心は満たされる。薄墨色の世界に色がつく。こんなのは、きみだけだ。これがなんという気持ちかはわからないが、私は、きみでなくては駄目なんだ」

雛は、なんと返事をすればいいのかわからず、ただ、青い視線をうろうろと動かした。

わたしでなくては……駄目？

ばくばくと、激しい勢いで雛の心臓が跳ねる。

それを抑え込むように、雛が胸元に手を当てた。

これは夢？

こんな、わたしにばかり、都合のいいこと。

思考がぐるぐる回り始めてしまった雛には気づかず、鷹は、険しかった目元をわずかにゆるめた。

「今、私はとても嬉《うれ》しい。こんな気分は久しぶりだ。きみはもう、土岐宮家からいなくなってしまうのでは、と、ずっと懸念していたから……」

「なぜ？」

「ん？」

「なぜ、そんなことをお考えになったのです？」

「それは私こそきみに聞きたい。きみが望まないなら、なぜ離縁の話などが出た？　こんな黒枠の——与太話を本気にしたのか？　それほど私は頼りない夫だったか？」

鷹の美しい顔にのぞき込まれ、雛はゆるゆると首を振った。

「いいえ。鷹さまは非の打ちどころがない夫です。わたしに誠意を尽くして、親切にしてくださって、土岐宮家という居場所をくださいました」

「ならば余計に、どうして離縁だなどと」

「先ほども申し上げましたが、わたしは貧しい身です」

「それがどうした。そんなことは承知できみを娶《めと》った」

「社交界で……おかしな噂《うわさ》が流れているのです……どれも最後は同じ結論に行きつく噂です。『土岐宮伯爵は、財産のない妻を離縁する』」

雛が、自らに区切りをつけるように深く息を吸う。そして、鷹を見つめ、ためらいなく言葉を吐き出していく。

「あの日の食事会で、財産のある寧々さまを妻になさった方が鷹さまにとっていかによいか、わたしにもわかってしまいましたから。わたしが唯一鷹さまのお役に立てるはずだった侯爵位も、寧々さまはお持ちですし、嘘《うそ》だと思いたくても、こうも話が広がると、そこには一片の真実がある気がして……。そんな時にこんな葉書を見て、さらに心を揺らしてしまいました」

「なんということだ！」

鷹が大きく膝を打った。そして、「南保侯爵夫人め！」と吐き捨てる。

「きみの気持ちに気づいてやれなくて申し訳ない。いくら仕事が立て込んでいたとはいえ、私は、きみの夫失格だ」

「失格なんてこと、ありません」

「気を遣ってくれなくてもいい。きみが人一倍慎み深いのを、馬鹿なことに私は忘れていた。そうか……気にしていたのか……」

まるで独り言めいてそう続けた後、鷹が雛へとテーブル越しに体を近づけ、白く細い雛の指先を摑《つか》む。

「これからはもう少し、きみと話す機会を持つことにしよう。忙しいなどというのは言い訳にはならない。きみを幸福にできない夫など、なんの意味もないからな」

「でも」

雛が、なにかを思い出したように瞳を悲しげに細めた。

そうだわ。わたしが感じたことをきちんとお伝えしなくては。こんなに熱心に聞いてくださる方に、表面だけのごまかしをしては、かえって失礼だもの。

「わたしとのことは義務だと、鷹さまが以前におっしゃって……わたしは鷹さまに義務なんて感じていただきたくないんです。今、お優しい言葉をかけてくださるのも、義務だとお思いなら、どうか、ご無理はなさらずに」

「いや、しかし、妻の幸福は夫の義務だろう。支えてくれる妻がいるから、夫は外の世界で戦える」

このときの鷹の脳裏をよぎっていたのは、かつての母の姿だった。

「私の父は、そうではなかった。あんなに忠実だった母を裏切り、屋敷《やしき》の隅へと追いやった。母は泣いてばかりいたよ。私は、父のような男にだけはなるまいと心に決めた。家同士の繋《つな》がりで娶ったとしても、そこに心はないとしても、夫としての義務は果たそうと。妻には充分な待遇を与え、なに不自由なく暮らさせようと。きみにもそうしたつもりだ」

ああ、だから、と雛は心の中で納得する。

嫁入りしたばかりの、まだ互いに打ち解ける前。

鷹は取り付く島もないほど冷ややかな態度を雛に見せたが、それとは正反対に、用意された部屋や食事は最高の物だった。

厩《うまや》の端で暮らすことも覚悟していた雛は、その豪華さに驚いたものだ。

「義務を果たすことが、きみの機嫌を損ねることになるのか？　すまない、きみの言いたいことが私にはよくわからない。どうかもっと詳しく話してはくれないか」

雛の指先を握る手に力を込めた後、すっと離し、鷹が雛に尋ねる。

雛が目を細めた。

「鷹さまのおっしゃる義務とは、そんな意味だったのですね」

「ああ。私はきみに全力を捧《ささ》げたい。それがきみの気に障ったのか」

「それならば、わたしの勘違いです。義務とは、鷹さまのご負担になることだと思っておりました」

「私は、仕事以外では、やりたくないことはしない」

傲然と肩をそびやかし、間髪を容《い》れず答える鷹に、雛が、ふふ、と笑う。

「そういえば、鷹さまはそういうお方でした」

なんだか、こうして話してみれば、力が抜けてしまうようなことだった。

——そう、わたしはここにいていいのね。

雛は、ほっと息をつく。

その安堵《あんど》の気持ちがどれだけ根深いか、雛はまだ知らない。鷹を失うことで自分の奥底でなにが起きるか、そのことにも雛は気づいていなかった。

「ほかに気になることは」

鷹に問いかけられ、雛が否定する。

「ございません。大丈夫です」

「本当か」

「嘘はつきません」

「その方がいい。私は嘘は嫌いだ」

「存じ上げております」

いつものやり取り。

けれど、先ほどまでと違うのは、雛の顔が晴れ晴れとしていることだ。

「もう黒枠の葉書も、社交界の噂も怖くありません。鷹さまがおられますもの。鷹さまのおそばにいれば、わたしはどんなことにでも立ち向かえます」

ぱちぱち、と鷹がそんな雛に拍手をする。

「さすがだ。きみは、きみの屋敷で相対したときと変わらない。女王の瞳だ。——では、今度は私から女王に聞こう。私ときみの結婚契約は、これからも有効か？」

真顔になった鷹の突然の質問。その意図がつかめず、雛は首をかしげた。

「……やはり、離縁……？」

「頼むから離縁からは離れてくれたまえ。きみへの意思確認だ。食事会の日に、きみの意思はあとで確認すると言ったろう」

そういえばそんなこともあった、と雛は思う。

でも、なにを今さら？

わたしは。

「わたしは、鷹さまさえよろしければ、この契約を続けていきたいです」

「もう対価はないが、いいのか」

対価、という言葉の意味が今度こそわからなくて、雛は困ったように目をすがめた。

雛は鷹からは充分なものを受け取っている。そして、それはこれからも継続されるらしい。ならば、なぜ鷹はこんなことを聞くのだろう。

　鷹がめずらしく、なにかを言おうとして口ごもる。

　雛はその続きを辛抱強く待った。

　迷いを含んだ数秒の沈黙の後、鷹が再び口を開く。

「もともとこの契約は、きみに母君の形見のサファイアを取り戻す約束から始まった。けれど、そのサファイアは、今ではきみの手元にある。これで約束は終わってしまった。きみへの支払いはすんでしまったんだ」

「そう言われれば……」

「だろう？」

「不思議な鷹さま、わたし、考えもしませんでした」

「私はそのことをよく考えていた。きみが言い出しづらいのなら、私が言うべきではないか、きみのような人の自由を取り上げるのは傲慢ではないか……私は契約を重んじる人間だ。だからこそ――思い悩んだ。きみがこの屋敷を出ていくことについて」

　ゆっくりと音にされた言葉に、雛の表情がほどける。

「ご安心なさって、鷹さま。前にもお伝えしたでしょう？　行きたいところなど、もうどこにもないのです。わたしは、ここを離れたくありません。鷹さまが契約を続けて――許してくださる限り、お屋敷におります」

「雛……！」

鷹の凍れる双眸《そうぼう》に、確かな灯《あか》りがともる。

それは、どんな言葉より雄弁に、今の鷹の感情を表していた。

喜びと、希望と、鷹の中に残ったよいものすべてを集めたような、いつもの火のような激しさとは違う、優しい灯りだった。

それを見ていると、譬《たと》えようのないあたたかさが、雛の胸に溢《あふ》れる。

この気持ちは、なんなのだろう。

わたしが知らないもの……なのに、とても心地いいの。

わたしがおそばにいたいと思っているように、鷹さまももしかして私を――？

そんなことまで考えてから、雛は自分を戒める。

思いあがっては駄目。鷹さまには妻が必要。そのための契約はこれからも続く。ただ、それだけよ。

ならば、契約の終わるおしまいの日まで、わたしは精一杯よい妻でいましょう。少しでも、鷹さまの心に『わたし』を残せるように。

「もちろん、私は契約を続けたい。では、新しい契約書にサインしてくれるか？」

「ええ、喜んで」

「そうか」

鷹が雛を見つめる。それは、雛が初めて見る眼差《まなざ》しの色だった。普段の凍り付いた黒とも、怒りの赤を内包したものとも違う、静謐《せいひつ》で穏やかな眼差し。

「早めに契約書は用意しよう。それ以外に、きみに渡したいものがあるのだが、受け取ってくれるか？　きみと話す暇もなく、渡す折もうかがえず、執務机の中に入れっぱなしになってしまっていた哀れな贈り物だ」

「なんでしょう」

席を立ち、執務机の引き出しを開け、そこからいくつかの箱を取り出した鷹が、雛の隣に座り直す。

近くで感じる鷹の体温に、雛の頬がふわりと色を得る。

「鷹さま……？」

テーブルの上に、黒い天鵞絨《びろうど》地の箱をいくつか並べた鷹が、その一つをぱかりと開いた。

「……まあ……！」

箱の中でぽってりと光っているのは、一粒の真珠が配された指輪だった。白を通り越して、どことなく緑がかった照りのある大きな真珠は、雛にもわかる極上の物だ。

「指輪をあげようとこの前言ったろう。……さあ、手を」

鷹が雛のてのひらをうやうやしい仕草で持ち上げる。そして、細く長い雛の薬指にその指輪をはめた。

「よく似合う、雛」

満足げな鷹の声に比例するように、雛の頬の赤さが、耳、顎、そして指先まで散っていく。

「あの、これは、鷹さま」

「夫が妻に指輪をあげたいと思うのはおかしいか？」

「おかしく、は」

でも、私たちは契約の夫婦よ。

鷹さまのお心にわたしを惜しく思ってくださるお気持ちがあっても、それは、あくまで契約の上で都合のいい妻だからだわ。

なのに、こんな、こんな——嬉《うれ》しくて、心臓がはじけそうで、困る……！

なにも言えなくなった雛が、ただ、薬指を抱きしめるようにした。

「大事に、いたします」

そして、ぎごちなく紡がれた音。雛の数えきれない想《おも》いの中で、唯一言葉になったものだった。

「こんなものでいいならいくつでもあげよう。遠慮せず、使い潰す気でいたまえ」

「そんな、勿体《もったい》ない！」

「きみのためなら安いものだ。指輪だけではない。首飾り、耳飾り、ひとまずは真珠で一通り揃《そろ》えた。……私は決めたのだよ。きみを黄金の鎖で繋《つな》ぐと」

鷹がぽつりとこぼした台詞《せりふ》の意味が取れず、雛は鷹を肩越しに振り仰ぐ。

その視線の純真さに、鷹は思わず笑みをこぼす。

「きみには意味がわからないだろう。だが、それでいい」

それから、さて、と鷹が髪をかき上げた。

「これで私たちの誤解は解けたか？　他にはなにか？　この際思い切ってすべてぶつけたまえ。また、私の目の届かないところできみが胸を痛めるより、その方がずっといい。それとも雛、私はそんなに頼りない男か？」

赤らんだ頬のまま、雛は「いいえ」と首を振る。

「鷹さまほど頼りになる方はおられません」

「ならばよし。私を信じろ、雛」

力強く言い切る鷹に、雛はためらう。

言っていいのかしら？

寧々が自分に見せた本性と危うさは胸に秘めるつもりだった。鷹の事業の邪魔になってはいけない。それだけが雛の願いだ。

だけれど、こうも鷹と雛の離縁の話が広まってしまったのに、それと関係ありそうな寧々の脅しについてなにも話さないのは、かえって鷹に不実な態度になるのではないか？

雛と寧々とのことを知らなかったことで、鷹が不利益を被るのではないか？

しばらく迷った後、雛は心を決める。

「……実は、鷹さま、食事会のあとで、あることが寧々さまとありました。寧々さまが、鷹さまの事業にお力添えされることを考えて黙っておりましたので、今さらお伝えすることをお許しください——」

第五章　逆襲の舞踏会

今、執務室にいるのは鷹《たか》と圭《けい》だけだった。

鷹は、雛《ひな》といた時の柔らかい雰囲気は微塵《みじん》もなく、土岐宮《ときみや》商会の主としての硬い雰囲気をまとっている。

「圭」

書類を確認しながら圭を呼び止めた鷹に、圭が「はい」と返事をする。

「この数字は本物だな？」

「申し訳ないことですが、偽りはございません」

「まるで視力検査だな」

吐き出される言葉に、思わず圭が身をすくめる。

いったい、次はどんな怒りがその口から洩《も》れるか――。

けれど、鷹は軽く肩をすくめただけだった。

「まあいい。すぐに正常な数値に戻してやる。ほかに、ここに書いてある悪評とは？」

「土岐宮商会の扱う宝石には偽物があると……特に真珠に」

「気の早い流言飛語を飛ばす奴だ。まだ、我が商会は、本格的に宝石を扱うところまで行っていないというのに」

まるで、その相手が誰か知っているような口ぶりで鷹が言う。

「だから、真珠だけは容易に手に入ったわけか。雛のために手配した特級品があり得ない安価だったのも、奴が市場に真珠をだぶつかせているため……それはなにより、他の石が手に入らない私が、焦って真珠を大量に買い付けることが狙いだろう」

「いかがなさいますか？」

「他の石と変わらず真珠を買え。ただし、今後も商会で扱えるような一級品のみをなう、と圭が声を詰まらせる。

けして主人に逆らわない圭だが、こればかりはすぐに返答ができなかった。

「……しかし、この評判の中、真珠を買いつけることは危険度が高いかと思いますが……商会の今後に口を出すことは失礼ではありますが、ご意見いたします」

恐る恐る発言した圭に、鷹が口の端を持ち上げる。

圭が、ぴしりと背筋を伸ばした。

やはり、余計なことだっただろうか？

「ハハ」

しかし、鷹の唇から洩れたのは、ただの笑い声だった。最近の鷹は、たまにこうして、声を出して笑う。

「おまえの心配ももっともだ。だが、この事態を操る者の正体がはっきりとわかりかけた今なら、かえって積極的な攻勢に出た方がいい。その方が、奴も当てが外れて面食らうはずだ」

「……ということは、隠れている敵が誰か、確信が得られましたか」

「ああ。これも、おまえたちが調査を続けてくれたおかげだ。おまえの進言も役に立った。それに、今回は、いや、今回も、雛が私を助けてくれた」

雛を思い出したのだろうか、鷹の眼差しが、一瞬和らぐ。

「彼女は本当に得難い存在だ。私に幸運をもたらす」

「左様ですね。雛さまは生まれながらの令嬢……純粋さや心の美しさは、貧しさごときでは摩耗しないことを痛感いたします。ところで、その敵とは、私が調査を行っていたあの方でよろしいでしょうか。念のためお聞きしますが、雛さまのお名前が出るのならば、まさか、他の華族――常盤《ときわ》夫人などでは……」

圭が、雛が親しくしている有力者の名前を口に出す。

それを聞いて、鷹が「いいや」と首を振った。

「常盤公爵家は一枚岩。公爵と同じように、夫人も我々の味方だ」

「それでは」

「春華《はるか》でもないぞ」

先回りして答えた鷹が、また皮肉げな笑みを浮かべた。

「祐樹《ゆうき》でもない。奴は、恐らくはおまえが想像している相手そのものだ。これまでのやり口や今回の雛の件も踏まえれば、今の商会の状況にも合点《がてん》がいく。奴ならばこれくらいはする。狙いのためならば、なんでもするところは私とよく似ている」

「……ならばやはり、私が中間報告書を出したあの方、ですね」

圭が、確かな答えを見つけた顔で言う。

鷹はその様を、いつも通りの、薄刃のナイフを形にしたような表情で見守っていた。

そして、圭の答えに満足して口を動かす。

「ああ、そうだとも。虫も殺さぬ顔をしてな。人間は見た目だけでは判断できない好例だ。最初におまえたちの調査結果を受け取った後、私は奴があやしいと感じて、しばらく泳がせていた。それがこのざまだ」

しなやかな鷹の指が、書類を叩《たた》いた。

「だが、奴は決定的な尻尾を私に摑《つか》ませなかった。これは慎重にならざるを得ない。私の予想が誤っていたら、土岐宮の本家も巻き込んだ騒動になるだろうからな」

「それは避けねばなりません」

「おまえの言う通りだ。もし無実の奴の尻尾を踏めば、本家の老人がどれだけ激怒するか、想像もつかない。だから私は時節を待った。目的のためならば、私は待つことも苦ではないのは知っているだろう」

ひんやりとした鷹の眼差《まなざ》しが遠くへ投げられる。

圭は、自らの主人のそんな姿を、誇らしい思いで見ていた。

直截《ちょくせつ》な手段と迂遠《うえん》な手段、どちらも使いこなす鷹は、さすが、土岐宮公爵家の後継者候補だ。

「素晴らしいご判断です。……あの方ならば、すべての流れが繋がります。浅草での襲撃の目的も……」

「雛の排除、だ」

「なんたる悪徳の極み、あの夫人がそこまで……」

すぐにでもその夫人の名前を言い出しそうな圭を制して、鷹が言葉を続ける。

「今はまだ、断罪の時間ではない。それよりも、奴の周りに、気づかれぬように網を張れ。

網の中の魚には、いちばん効果的な時に銛を刺す。……そうだな、舞踏会でも開くか。奴が好む華やかな場で引導を渡してやるのもいい」

「かしこまりました。準備ができましたら、招待状を配ります」

「そうしてくれ。ああ、常盤公爵家にも連絡を入れねばな。協力者となってもらおう」

「一つ、質問をお許しいただけますか？」

「ああ、なんだ？」

「なぜ、雛さまが鷹さまの助けに？」

その圭の台詞を聞いて、鷹がぎちりと歯を嚙《か》みしめる。雛を巻き込んでしまった自分への怒りだ。

しかし、それはすぐに抑えられた。

「結局は……奴もただの人間だったということだ。雛の前で、自分をとりつくろえる者などいないからな──」

◇◇◇

うららかながら波乱のあった春の日々が終わり、雨がちな季節が始まる。

庭園の薔薇《ばら》も、次の時季のための手入れが庭師たちにより開始される。

その代わりに紫陽花《あじさい》が勢いを増し、つまみ細工のような花を一斉に咲かせた。土壌によって色を変える紫陽花は、土岐宮家の庭園に何色もの色彩を添えている。

——今日は、鷹主催の舞踏会だ。

鷹と二人、大広間に出るのを待っている雛は、どきどきと動く心臓を持て余している。

鷹とは何度も公式な場に出た。けれどそのたびに、新鮮な驚きがある。

美しさというのは、日によって万華鏡のように形を変えるものなのだと、雛は鷹の妻となって知った。それほど、鷹の美貌は秀でていた。

今日の鷹は、雛の仕立てた正絹のタキシード姿だ。

寸分の狂いもなく体形に合わせられたタキシードは、それだけで着用者を格上げする。

鷹ほどの、たぐいまれな体格の持ち主ならなおさらだ。

すらりと伸びた強靱《きょうじん》な手足に、タキシードの生地の絹のつやがさらなる興を添える。

腰の位置の高さと脚の長さも、周囲の目を惹《ひ》いた。

バランスの取れた肢体の上に乗る顔は、その体形の見事さに見劣りしない美しさを振りまいている。

軽やかな紅茶色の髪と、大ぶりな瞳にはめ込まれた黒曜石の虹彩《こうさい》。その強さを受け止めるのは、名のある彫刻家が石から削りだしたようにしゅっとした曲線を描く鼻梁《びりょう》だ。高さはあるが、形も整っているため、鷹の顔の中央で絶妙なバランスを保っている。

そして、唇。端整だが、薄く酷薄そうな印象を与えるそれは、雛と出会ってから少しその雰囲気を変えた。よほど見慣れていないと気づかないほどだが、どこか、柔らかみを帯びるようになったのだ。

大理石めいた白く硬質な肌の力もあり、相変わらず命のない彫像のように美しく見える鷹だが、雛と出会ってからは、そこに生の華やかさも加わり始めた。それだけでも完璧な容姿は、まだ形を変え、成長するのだと人々に息を呑《の》ませた。

そう感じるのは、雛も例外ではない。

――なんて綺麗《きれい》な方なのかしら。

この人の隣に立つのは嬉《うれ》しいけれど、少し不安になる。わたしは釣り合いの取れる存在なのかと。大丈夫だと思おうとしているけれど、鷹さまはそれでいいと言ってくださるけれど、どうしても胸が泡立ってしまう。

様々な感情を込めて鷹を見上げる雛に気づき、鷹は「なんだ?」と軽く問う。

「今日も見事なお姿だと……笑わないでくださいね……見とれておりました」

雛も、以前よりは思ったことをそのまま口に出すようになった。執務室での鷹との話し合いの効果だ。

「きみにそう言われるほど喜ばしいことはない」

「タキシード、きついところやゆるいところはございませんか」

「ない。きみの裁縫の腕は本当に確かだな」

「ありがとうございます」

「自分のドレスと私のタキシードを、この短期間で仕立て上げるのには苦労したろう。それがこの出来だ。きみはいつでも予想以上のことをしてくれる」

雛の耳の先が赤らむ。

嬉しさとはじらいに目を伏せた雛を見て、鷹が、それとわからないくらいの微笑を浮かべた。けれどそれはすぐに消え去り、仕事用の硬くひやりとした表情が鷹を支配した。

「今日は厄介な場になりそうだが、打ち合わせ通り動いてくれ。懸念することはすべてきみに話したし、私たちの間にすれ違いはないはずだ。もう、あの女のことも気にならないだろう？」

大丈夫だな？　と見下ろされ、雛が伏せた目を鷹に戻してうなずく。

「はい。精一杯お務めいたします」

「その意気だ。我が商会の真珠が偽物だとの風聞を吹き飛ばしてやる」

「ええ。嫌な噂《うわさ》は溶かしてしまいましょう」

「しかし、きみの知識は底なしだな。まさか、真珠の真贋《しんがん》の証明にあれを使うとは……父君の教えがあったとはいえ、それをきちんと覚えているきみも素晴らしい。私にはとても思いもつかない」

「そんな……たまたま、忘れずにいただけです。真珠が偽物でないことをいちどきに証明するのには、僭越《せんえつ》ながらあの方法が一番かと存じます」

「たまたま？　ならば、偶然の女神まできみは虜《とりこ》にしているようだ。きみはその目の色と同じ、いや、それ以上の宝石だな。どんな箇所から光を当てても輝かぬところはない」

ほわ、と雛の頬が赤みを帯びる。

「それは、鷹さまが光を与えてくださるから……ガラス玉でもなんとか、鷹さまのお眼鏡にかなうような色を出すことができるんです」

「相変わらず慎み深い。――雛、過度の謙遜は美徳ではないことを覚えておけ。宝石にガラス玉を名乗られては、かえって腹の立つ者もいるはずだ」

「え、そんな……」

ますます赤くなる頬を雛は持て余す。

ようやく鷹はそんな雛に気づいたのか、話題を変えた。

「……今日なくす物は、必ずきみに返すからな」

「お気になさらずに。鷹さまのお役に立てれば、わたしは嬉しいです」

「きみがそう言っても、私の気がすまない」

きっぱりと口にする鷹に、雛は赤い頬のまま黙り込む。

なんと返事をしても、今の自分の気持ちは言い表せない気がした。

「さて、圭が呼んでいる。そろそろ、行くぞ」

鷹に促され、雛はその手を取った。

無言のまま、それでも、精一杯の笑みを込めて。せめて、自分の中にある喜びが鷹に少しでも伝わればいい。そう、思いながら。


鷹と雛が、広間への大階段を下りていく。

鷹が激務だったこともあり、土岐宮家で正式な舞踏会が開かれるのは久しぶりだった。

二人の姿を目にして、すでに広間に詰め掛けていた華族たちが歓声を上げた。

その声を、一歩ずつ段差を歩みながら、雛は聞く。

――いつまでたっても慣れないわ。鷹さまとご一緒すると、皆さま、目の色が変わってしまうの。なんだかわたし、場違いではないかしら。

うぅん、と雛がそれとわからないように、とても小さく首を振る。

こんなことでは駄目よ。ほら、雛、前を向いて。あなたは小邑《こむら》女侯爵、土岐宮伯爵夫人。

今日の舞踏会の主催者の妻。

大丈夫。わたしはきちんと振る舞えるわ。

そう、自分に言い聞かせる雛は気づいていない。少なくとも、歓声の半分は雛に向けられていることに。

盛装した雛の姿の清楚《せいそ》な華やかさは、まるで大輪の百合《ゆり》だった。

今日のために雛が一針一針、丁寧に仕立てた和ドレスは、鷹のタキシードと同じ黒の正絹だ。その質の良さは、すべらかな生地の上に現れるとろみのある光沢が保証している。

ウエストをくるリボン代わりの帯は銀鼠《ぎんねず》、そこに金の箔《はく》置きで西洋風のあやめの姿が描かれているのが、季節をうまく切り取りつつ、モダンな色も添えている。差し色は純白の総絞りだ。

黒と白、舞踏会の場には地味な色味だと思われるかもしれないが、それを打ち払うのが、意匠を凝らした装飾だった。

黒の和ドレスには、生地の上を零《こぼ》れ落ちる梅雨の五月雨めいて、真珠がいくつも縫い付けられている。雛の手首にも、そこからすくいあげたごとく、優雅に連なる真珠の腕輪が飾られ、耳元にはとびきり大粒の真珠が一粒、揺れていた。胸元にあるのも、いつものサファイアの首飾りとは違う。大小さまざまな真珠で、寄せては返す波を模して織りあげられた、オペラ型の首飾りがデコルテ全体を覆っていた。

海の泡から生まれた女神を思わせる荘厳な姿に、会場からは感嘆の声が絶えない。

なにより、それだけの豪奢《ごうしゃ》さにひけをとらない、雛の凛《りん》とした姿が素晴らしいのだ。

長い髪は高く結い上げられ、その深い黒さを引き立てるように、ここにもところどころに真珠があしらわれている。

しみひとつないなめらかな額から、その下の双眸《そうぼう》への曲線。そして、雛を雛たらしめる、青い大きな瞳――少女らしい光と、大人びた思慮深さの同居――のまたたきが、夜明けを告げるように輝いていた。

鼻筋は細く、鼻腔《びこう》は指でつまんだように整っており、ふっくりした柔らかそうな頬は『廃屋令嬢』だったころとはまるで違う。ミルクを思わせる、とろりと柔らかな白を帯びた皮膚の上全体に、ほどよい血色が乗っている。

笑うたびに人を虜にする、まるで彫りつけたように深いえくぼは、思わずつついてしまいたくなる弾力に満ちていた。つんとした反りのある上唇は、令嬢らしい清らかな面差しに、幼い愛らしさを添えている。

元々の美しさは言うまでもないが、土岐宮家での満ち足りた生活が、さらに雛を磨き上げていた。

雛はもう、己の青い瞳を恥じてうつむくことはない。胸を張り、ただまっすぐに前を見つめている。

降りそそぐシャンデリアのまばゆい光も、羨望と好奇の入り混じった人々の視線も、雛の目をくらませることはなかった。


同じ頃。

春華と寧々《ねね》はそんな鷹と雛へ、爛々《らんらん》とした眼差《まなざ》しを凝らしていた。

春華は異母妹《いもうと》の特権として、雛になにを言おうが当然招待されるものだと思っていたし、寧々は、とうとうこの日が来た、と人形に向かい快哉《かいさい》を叫んだ。

寧々と春華の企《たくら》みが実を結んだのだろうか、二人が関与していない場所からも、鷹と雛が離縁する話を聞くようになったのだ。

そんな鷹が大規模な舞踏会を開くという。

鷹がすげなく扱った寧々の元へも招待状が届き、寧々は期待に胸を震わせていた。

──あれだけ拒否したのに、鷹さまは私にも招待状をくださいましたわ。やっとわかったんですわね。鷹さまには私が必要なこと。私が唯一の理解者であること。

雛はもうおしまいだ、とその時の寧々は考えていた。

きっと鷹さまは雛さまに離縁を告げられますわ。だって私たちが手を出していない場所からも、鷹さまが雛さまを見限るお話が出ていますもの。そうなれば、あとは私……。ならば、せっかくだから、舞踏会でせいぜい鷹さまに恩を売っておきましょう。手筈《てはず》は整っておりますわ。

そして、寧々は愛らしい顔に薄暗い微笑を浮かべる。

ああ、こんなに簡単にすむなら、雛さまを殺そうとする必要もありませんでしたわね。随分、無駄金を使ってしまいましたこと。

だが、今日この場の実際はどうだろう。

鷹と雛はどう見ても仲睦《なかむつ》まじい夫婦だった。

非の打ちどころのない手つきでエスコートをしながら、鷹の視線は雛だけを追っている。

寧々には見向きもしない。

……どうしてですの？

寧々がぎゅっと手を握り合わせる。

なんだか、おかしいですわ。まるで鷹さまが雛さまを大切にしているような……。

春華もまた、寧々と同じ疑念に囚《とら》われていた。

なぜ？　なぜ？　あんな不名誉な噂を背負う妻を尊重するの？

二人が理解できず、春華はちりりとした焦燥を覚える。思い通りにことが運んでいるはずなのに、どこかがずれている。そんな気がしたのだ。

そんな春華と寧々には目もくれず、鷹が来客たちへの挨拶を開始する。

朗々とした声で型通りの歓迎を述べた後、鷹が付け加えた。

「さて、皆さま、最後に。現在、土岐宮商会は宝石部門の展開を始めたばかりです。その品質のよさは実際に見ていただいた方が早いと、今日は妻を心ばかりの真珠で飾りました。雛、皆さまの前に立ちたまえ」

鷹が軽く促し、雛が、会場にしつらえられた壇の上へと登る。

穏やかな微笑《ほほえ》みを浮かべる雛を手で指し示し、鷹が、会場の人々に呼びかけた。

「ご遠慮なくお近くでじっくりとご覧ください。お気に召しましたら、私にでも上杉《うえすぎ》にでも、ご注文のお申し付けを」

その言葉に、かかった！　と寧々が、唇を歪《ゆが》める。

商会が偽物を扱っているとの評判を糊塗《こと》しようとしているのだろうが、これは悪手だ。すでに、商会の宝石の悪評は、寧々たちの手で華族たちの隅々にまでしみこんでいる。

特に真珠については念入りに、鷹が大量の偽物を摑《つか》まされた話を広めた。

もちろん嘘《うそ》だが、こうして雛を使ってまで真珠を売り込もうとする鷹の姿を見れば、人は勝手にそこに真実を見出《みいだ》すだろう。

でも大丈夫。

寧々が、ふふ、とかすかに笑う。

大丈夫。最後は私が助けてあげますわ。見向きもされず二束三文になった真珠を私が正価で買い取り、科学者の手で本物なのを証明しますのよ。このために、帝大出の博士を雇いましたわ。鷹さまに本当に必要なのは誰か、これでわかるでしょう？

寧々の邪悪な思念が伝わったのか、会場が騒ぎだす。

「確かに雛さまの真珠尽くしは美しいけれど、あれは偽物……」

「土岐宮伯爵も今回ばかりは目が曇っていたようだ」

「偽真珠なんて、嫌ですわ」

「本当、偽物を身につけるなんてねえ……恥ですわよ」

「それにしても、いつ伯爵は雛さまを離縁するのかしら。執事といい仲になった妻なんて、手荷物一つで叩《たた》き出すほかないんじゃなくて？」

口々に会場の華族たちが嘲る声が耳に入り出し、寧々は、もう一度ひそやかに笑った。

けれど、雛は壇上で鷹揚《おうよう》に微笑んだまま表情を崩さず、無駄のない動きで片方の耳飾りを外す。そして、指先を器用に動かし、耳飾りの台の部分から真珠を外した。

壇上には、小さなテーブルが置かれ、乾杯用のワインなのか、そこには無色透明の液体を満たしたグラスが載せられている。

しかし、雛はそのグラスを手に取ることはなく、液体の中へと、外した手の中の真珠を落とした。

ぽちゃん。

これまでとは違うざわめきが会場に広がる。

雛はなにをしているのかといぶかしむ声だ。

「皆さま」

初めて、雛の涼やかな声が大広間に響く。

「こちらはワインではありません。お酢です」

ざわめきが大きくなる。

雛は突然なにを言い出した？

皆は呆気《あっけ》に取られているばかりだ。

それにも雛は臆さず、ぴしりと背筋を伸ばし、人々の視線を受け止めた。

ドレスに縫い付けられた真珠が、シャンデリアの光を受け、まぶしく輝いている。

雛の存在は、不躾《ぶしつけ》なざざめきをはね返す強さに満ちていた。

「皆さまのお疑いはわたしどもも存じております――」

雛が透き通る青い瞳で眼下を見下ろした。そして、よどみなく続ける。

「土岐宮商会の真珠はガラス玉でできた偽物だと……不名誉なことです。その不名誉を雪《すす》ぐために、わたしは夫にこの場を貸してもらいました。本物の真珠は、お酢につければ溶け出します。土岐宮商会の真珠が本物か偽物か、舞踏会が終わるころにははっきりするはずです」

雛の言葉に、さらなる喧騒《けんそう》が広間に満ちる。

なんだと？　どういうこと？

いくつもの疑問詞が、雛に投げかけられた。

「皆さまのおっしゃりたいことはわかります。でも、真珠が本物であることを、今はどうか見守ってくださいまし。必ずや、ご満足のいく結果をお見せいたします」

そして、優雅に一礼した雛は、壇上から降りた。

雛の隣に鷹が立つ。二人がうなずき合う。

「皆さま、雛のしたことをご覧になったでしょうか？ ……見た？ それは重畳。では、真珠が溶けるまで、我が楽団の演奏でダンスをお楽しみください。奏者には帝都一と呼ばれる者たちを揃《そろ》えました」

鷹の台詞《せりふ》が終わると同時に、楽団が華やかなメヌエットを奏で始めた。

「雛、踊ってくれるか」

「はい。喜んで」

二人の会話に周囲はごくりと唾をのむ。

雛のダンスの腕前が秀でていることは、社交界に知れ渡っていた。

まだ、見たことのなかった者も、高名なそのダンスはいったいどんなものかと、期待に胸を膨らませている。

広間の中央に歩み出た二人は、メヌエットの旋律に乗って、足を動かす……いいや、そんな無粋な動きではない。まるで中空を滑るように、二人はなめらかに移動していた。

ふわり、ふわり、とつつましやかに翻る雛のドレスの裾。その足さばきは見事としか言いようがない。無駄がなく、それでいて柔軟だ。

鷹のエスコートもまた、完璧だった。

長い手足を生かし、踊る雛を支え、時には自身も華麗な動きを見せる。

大広間を舞う雛と鷹は、まるで一対のぜんまい人形だ。技巧に満ち、精緻で、誰もが目を惹《ひ》かれずにいられない。

会場の華族たちもそうだった。

それまでざわめいていた会場がしんと静まり返る。華族たちは皆、ダンスの素養はある。その上での無言の評価だった。

土岐宮夫妻にはかなわない、と。

その様子を、険しい顔で春華が見ていた。

――本当に、どういうことなのよ。とにかく、あの女ばかりに注意を集めさせるのは嫌よ。ダンスなら、あたしだって……！

沸騰する心を隠し、春華は連れてきた取り巻きたちに笑いかける。

悪事を企むニンフのような黒い妖艶さに、取り巻きたちは慌てて春華に近づいた。

「ねえ、あなたたち、誰かあたしと踊らない？」

「春華さまと？　光栄です。ぜひ、僕が」

「いいえ、私が」

「誰でもいいわよ。雛さんにダンスの勝負を申し込むだけだから」

口々に自分を売り込む取り巻きたちに、春華が言う。すると、取り巻きたちにさっと緊張が走った。

「雛さまたちと？」

「そうよ。なにか問題があって？」

「その……春華さま、僕は遠慮いたします。今の雛さまのダンスには、僕では到底かないません」

「踊る主役はあたしよ？」

取り巻きたちが無言で顔を背けた。

答えがないのが、なによりの答えだった。

取り巻きたちもまた、雛のダンスの価値は理解していたのだ。そして、自分たちの姫君では、とうていそれにはかなわない、恥をかくだけだと——。

春華の目がかっと見開かれる。

負けることなど知らずに生きてきた娘だ。なのに、取り巻きたちに暗に敗北を示唆され、思わず強い口調が漏れる。

「なによ！　あたしじゃ不足だっていうの！」

「そんなことは……」

「まあまあ、春華さま。雛さまのダンスを眺めるのも楽しいのでは？」

なだめられ、さらに目を吊《つ》り上げた春華がぎりぎりと歯嚙《はが》みをした。

「つまり、あたしと踊る男は一人もいないっていうわけね」

「春華さま、そうおっしゃらずに。勝負などを仕掛けなければ、皆、喜んで春華さまと踊らせていただきます」

ある取り巻きの言葉に、他の取り巻きたちが一斉にうなずく。

「そうですよ、春華さま。勝負なんて荒事は美しい春華さまには似合いません」

「あとでゆっくりと踊って、春華さまの素晴らしさを見せつけてやりましょう」

春華の機嫌を損ねないよう、取り巻きたちが必死で言い募る。

その姿を、怒りもあらわにぐるりと見回した後。春華は吐き捨てた。

「……もう、いいわ」

「春華さま……」

「もういいって言ってるのよ。腰抜け。あたし、今日は誰とも踊らないわ。それで満足なんでしょう？」

「そんな、お気を鎮めてください」

「そうです。春華さまがそんなことをおっしゃれば、僕たちは誰と踊ればいいんです」

「雛さんとでも踊ればいいじゃない。とにかく、あたしは不愉快よ。……飲み物を持ってきて。うんと濃いウィスキーがいいわ」

「お体に障ります」

「うるさいわね。飲みたい気分なの。あたしの未来の花婿になりたくないの？ なりたいならとっとと持っていらっしゃい！」


そんな春華の姿を、寧々は用心深くうかがっていた。

春華は、うまく利用できると思っていた娘だったし、まだその利用価値の残っている娘だった。馬鹿なことをして自滅しなければいいと思っていたが、どうやらそれは避けられたようだ。

――それにしても……真珠に酢……？ 本当に溶けるんですの？ 違う、きっと出まかせですわ。自分たちの失態を誤魔化そうとしているんですのよ。

でも、それが真実だったら？ 私の計画は？

寧々が眉間に皺《しわ》を寄せる。

いいえ。雛さまごときに、私が負けるわけがなくってよ。私の立てた計画は完璧。土岐宮家もなにもかも手に入れるための……。

そう言い聞かせつつも、寧々は、ぼんやりとした不安が自身に満ちていくのを抑えきることができなかった。

楽団の奏でる曲が何度か変わった。

ワルツやフォックストロット……それぞれにふさわしいダンスを、華族たちは互いのパートナーと楽しんでいる。

雛の開発した和ドレスを身につけた貴婦人も多く、ダンスは西洋そのものの形式なのに東洋的な衣装が咲き乱れる、不思議な吸引力を放つ舞踏会でもあった。

楽団も、鷹のお墨付きとあって一糸乱れぬ演奏が素晴らしい。特に、のびやかな弦楽器の音色が耳に残る。

けれど、人々がなにより注目していたのは、壇上に置かれた、グラスの底に沈んだ真珠のことだ。

ダンスの合間にも人々の会話の端々には、真珠が溶けるかどうかの議論が起こる。おかげで、雛の不貞をあげつらう不快な声は、ずいぶん小さくなっていた。

何曲もの舞踊曲のあと、ついに楽団の音がやむ。

雛が、ぱん、と手を叩《たた》き「皆さま」と呼びかけると、しん、と大広間が静まり返った。

それに満足した顔をして、雛が鷹へと話しかける。

「そろそろ頃合いかと存じます。……鷹さま、行って参ります」

「任せよう」

鷹と目配せをしあった後、雛は再び壇上に戻る。

そして、グラスを持ち上げ、見えやすいように黒い箸で真珠をつまんだ。

ぐに。

明らかに変形をする真珠に、人々は顔を見合わせる。

「近くでご覧になってくださいまし。あれだけ見事に輝いていた真珠が、こんなにも姿を変えてしまいました」

興味津々で雛と真珠の様子を眺めていた華族たちが、我先にと壇上へ群がった。

「まあ、本当……ふやけたようですわ」

「ガラス玉ではこうはいきませんわね。あれは硬うございますもの」

「でも、まわりが半透明で、中に小さな真珠が……やはりガラス玉……？」

「なにをおっしゃいますの。中の小さなものは核ですわ。あの上にどんな層ができるかで、真珠の美しさは決まりますのよ。見たところ、あの真珠は、核を残して層だけがふやけてしまったよう……」

「あら、あなた、博識ですわね」

「夫が真珠の投機を好んでおりますの。こんな講釈なら何度も聞かされましたわ」

予想以上の好感触に、雛は微笑《ほほえ》んだ。

よかった。これでわかっていただけそうよ。

鷹さまから頂戴した真珠を溶かすのは心が痛むけれど……鷹さまのお役に立てるのなら ば、それでいいわ。真珠より大切なものを、鷹さまはくださっているもの。

ほんの少し、悲しげに目を伏せた雛が、すっとまた前を向く。

「いかがですか、皆さま。ガラス玉に塗料を塗った偽物ではこうはいきません。土岐宮商会の真珠は、正真正銘の本物であること、ご納得いただけたでしょうか」

華族たちの騒ぎを遠巻きにしていた寧々が、ギリッと奥歯を噛《か》み合わせる。

あの小娘！　それは私の役目でしてよ。生意気な、本当に生意気な、あんなやり方で真珠の真贋《しんがん》の証明を？　私の計画が狂ってしまいますわ。もっともっと鷹さまを追い詰めて、救いの神として私が手を差し伸べるはずでしたのに……！

寧々のいびつな怒りには気づかず、雛はあたりをぐるりと見回した。

「ところで皆さま、クレオパトラと呼ばれる女王がかつて遠い異国におりました。ご存じの方もいらっしゃるかと思います。当代一の美を謳《うた》われた女王でした。彼女の美の秘訣《ひけつ》の一つは、こうして溶かした真珠酢を飲むこと――」

箸をテーブルに置いた雛が、溶けかけた真珠の揺れるグラスを高く持ち上げる。

「美しい物を体に取り入れることで、さらに美しくなれると女王は信じていたのです。わたしもそれに倣って、女王のまねごとをいたします」

雛の小ぶりな唇が、グラスの縁につけられる。

そして、まるでワインを飲み干すように、くいっとグラスを傾けた。

反らされる白い喉。そこが何度か動き、あっという間にグラスは空になっていく。

「いかがでしょうか、皆さま」

いたずらっぽく雛が言うと、周囲がどっと沸いた。

「雛さまはいつでもお美しゅうございますわ！」

まるで贔屓《ひいき》の歌舞伎役者に声をかけるように大声をあげた貴婦人に、雛はゆったりと微笑みかける。そのゆとりある品の良さに、華族たちは圧倒された。

あの存在感は、さすが小邑女侯。

そんな囁《ささや》きもどこからか聞こえる。

「まあ、勿体《もったい》ないお言葉、ありがとうございます。これで皆さまの誤解を解くことができれば、わたしはクレオパトラになれなくてもかまいません。……それはそれで、少々、残念ですけれど」

ユーモアまで混じえた調子で雛が言うと、笑い声があたりに広がる。

壇上に立つ雛の体は、小柄なはずなのにとても長身に見えた。誇りと強さは心の身の丈を伸ばすのだと、図らずも雛は証明していた。

「皆さま、このように、土岐宮商会では質のいい真珠をたっぷりと取り揃《そろ》えております。他の石も各種揃えたと夫が申しております。クレオパトラになりたい姫さま方、意中の方をクレオパトラになさりたい殿方……いつでも商会を訪れてくださいまし。けして後悔はさせませんわ」

雛がぐるりとあたりを見回し、可愛《かわい》らしく小首をかしげる。

皆がその雰囲気に引き込まれかけたとき、寧々が手を回していたある女子爵が、不穏な声をあげた。

「でも、どこまで雛さまを信じていいものやら……だって、執事と不貞を働くような方でしょう？」

小さくひそめているようだが、実際は聞えよがしのそれに、ざわ、と大広間が沸いた。

そうよ、そうよ、と言う下世話な声、雛さまはそんなことなさらないわ、と雛を擁護する声、何色もの声が大広間に溢《あふ》れる。

寧々がにやりと笑った。

これでは、雛でも収拾がつかないのではと思われたそのとき——均整の取れた長身の男が足を踏み出す。そのまま、雛のいる壇上に登る。

「雛は潔白です」

男は、鷹だった。

壇上の雛に並んだ鷹は、ひざまずき、雛を崇《あが》めるような仕草をする。

一見すると道化たそれは、けれど、鷹が雛を心から信頼していることを如実に表していた。次代の土岐宮伯爵家を背負う者が、雛の前には膝をつくのだ。その事実は、何人かの貴婦人や紳士の心を折った。

しかも、細い体の少女の前にぬかずく偉丈夫の姿は、絵画のように美しい。まるでお伽《とぎ》噺《ばなし》の騎士と姫君だ。

二人のまばゆい清らかさに、大広間が静まり返る。

「雛」

ゆっくりと顔を上げ、鷹が立ち上がった。

そして、柔らかい音で呼びかける。

「助力に来た。今のきみには私の力が必要だろう?」

雛が無言で表情を崩した。こくこく、と何度かうなずく。それを見届けて、鷹は、すい、と群衆の方へと体の向きを変えた。

「皆さま、雛の不貞の噂《うわさ》を聞かれたのは誰からでしょうか?」

突然の質問に、人々が顔を見合わせる。

そして、誰もが、自分に問いかけた。

あれは、誰から?

どのサロンで、どんな機会に?

なんだか、いつも同じ人だった気がするわ。

——それは、あの人や、あの人の取り巻きではなかったかしら?

「たくさんの人の間を経た噂でしょうが、最後はたった一人にたどりつきませんか?」

鷹の言葉とともに、人々の視線が寧々に集まった。

「な、なんなんですの、皆さま。私が雛さまに無礼を働いたとでも?」

寧々が慌てて取り繕う。

その様子を見て、「やっぱり、寧々さま……」と、顔の広い侯爵夫人がつぶやいた。彼女は鷹から事前に、会場の雰囲気を誘導するよう依頼を受けていた。この舞踏会に備えていたのは、寧々だけではなく、鷹もまた同じだった。

それをきっかけに、堰《せき》を切ったように人々がさんざめきだす。

「わたくしも、寧々さま主催のサロンでお話をうかがいましたわ」

「私は、寧々さまと仲のよろしいある方から……」

「奇遇ですわね。わたくしは寧々さまが鷹さまを案じておられると聞きましたのよ。不貞の妻では鷹さまがお気の毒だと」

人々のその様を壇上から満足げに見下ろしていた鷹が、よく響くバリトンで笑う。

「どうやら、皆さま、おわかりになったようですね。雛を追い落として、土岐宮伯爵家の妻の座を得たいと思う人間が誰か」

その鷹と反比例して、顔を青ざめさせた寧々が声をあげた。

「いくら鷹さまでも失礼ですわ！　そのような、いわれのないこと……」

「なるほど」

寧々の発言を聞いた鷹が、たっぷりと皮肉を込めて、眉を上げた。

「では、雛の代わりに私の妻になりたいと言ったのは嘘《うそ》だったのか？」

「……っ」

「嘘ならばそれでいい。私は、おまえなど、いらない」

口ごもる寧々に追い打ちをかけるように、鷹は寧々に鋭い視線を向ける。雛を傷つけられたことへの怒りを内包したそれは、冷たいのに、焼ききれそうなほど熱かった。

「こんな、こんな、私に恥をかかせるなんて。偽物の真珠を売って、『廃屋令嬢』を妻にしている男が……！」

屈辱のあまりだろうか、寧々がとんとんと踵《かかと》を踏み鳴らす。すると、人々の間から、鷹とはまた違う落ち着いた男性の声が聞こえた。

「伯爵への暴言、聞き捨てなりませんな、南保《なほ》侯爵夫人。真珠が本物なのは、雛さんが証明してくれたはずですぞ」

「常盤公爵？」

寧々が振り向く。そこには、穏やかな表情の常盤夫妻が立っていた。

「私の所にも、伯爵の扱う真珠が偽物だと記した手紙が来ましたが、差出人の名前のない手紙など相手にすることはないと考えておりました。えてして、そういった手紙は相手を貶《おとし》めるために書かれるもの。それとも、皆さまの元に届いた手紙には、差出人が書いてありましたか？」

今度は、貴婦人たちの代わりに紳士たちが騒ぎ出す番だった。

そう言われれば、自分宛の手紙にも差出人の名前はなかった……と。

「伯爵は大変な事業家です。誰かに妬まれることも多々あるでしょう。今回のことはまったく災難です。だが、今こうして伯爵のために申し出たように、常盤家は伯爵の味方です。名も知れぬ密告者と、土岐宮家と常盤家の二家《にけ》、賢明な皆さま方は、どちらを信用なさいますかな？」

常盤公爵が、そんなことを口にしながら壇上に登る。そして、あらかじめ打ち合わせていた通り、鷹と握手を交わした。

夫人が雛の力になりたいと願ったように、常盤公爵家と鷹は連絡を取り合っていたのだ。雛が、必要ならば土岐宮家から助力を要請すると言った言葉は正しかった。なに事にも備えを怠らない鷹は、寧々と対決するための常盤家への根回しも忘れていなかった。

「ありがとうございます、公爵。常盤家と土岐宮家に弥栄《いやさか》を」

「無論。きみが土岐宮家にいるうちはまず間違いなく、私はきみにつきますよ。雛さんは、それだけのことを妻にしてくれた」

「ええ！　雛さまはあたくしの可愛い妹ですわ」

壇上の公爵と下から目線を交わし合った常盤夫人が、華やかな笑顔でそれに応じる。

「なのに、雛さまをいじめるのはどなた？　そんな方とは、あたくし、口もききたくありませんわ」

夫人の眼差《まなざ》しがちらりと寧々を映す。夫人から、それまでの笑顔がかき消えた。寧々を敵だと認めた顔つきだった。

「先ほどの伯爵のお話で、雛さまを陥れようとした人間がいたのはわかったはず。それでもまだ、やいのやいの言うのなら、あたくしにも考えがありましてよ」

誰、と名指しするわけではないが、夫人の視線は寧々に向けられたままだ。

なにか言おうとするが、うまい言い訳が出てこない寧々の肩が震える。

その様子は気の毒としか言いようがなく、雛は思わず夫人を止めようとした。

「あの、夫人」

けれど夫人は、ぷん、と口を尖《とが》らせて、いやいやと首を振る。

「雛さまは優しすぎるんですの。時にはぴしりと綱紀を引き締めることも大事ですわよ。僭越《せんえつ》ながら、あたくしがお手本をお見せしましょう。――もう一度聞きますわ。雛さまをあくまでお疑いになるのはどなた？　土岐宮伯爵夫人に根拠もない疑いを着せれば、伯爵の敵にもなりますわ。男性なら、お仕事に差し障りができ、女性なら、まともなサロンからは相手にされなくなることも覚悟の上でしょうね？」

「夫人のおっしゃる通り。私は妻を侮辱する人間を許しません」

夫人と鷹、二人の言葉を得て、さっと大広間の色が変わった。

土岐宮家と常盤家、この二家を敵に回して無事な家などない。

「その……わたくし、雛さまを誤解していたようです」

どこかの女男爵が、おずおずと声をあげる。

それを皮切りに、大広間のそこここから「私も！」「わたくしもですわ」「鷹さまのように、真実を見極める目があればようございましたのに」等と、いくつもの声が上がる。

大広間の明らかな雰囲気の変容に、寧々の目元がぴくぴくと震えた。

おかしいですわ！　雛さまを粛清するはずなのに、これではまるで、私が――！

そう言いたげに、寧々の息が荒くなる。追い詰められた獣と同じ顔で、寧々は鷹に守られて立つ雛を見ていた。

自棄《やけ》になって隅でウイスキーをあおっていた春華も、そんな大広間の様子に気づいたようだ。グラスを乱暴に取り巻きに渡し、雛をにらみつける。

詳しい事情はわからなかったが、雛がまた勝ち抜けそうなことだけは伝わってきた。

気に食わない、本当に気に食わない、と春華は爪を噛《か》む。取り巻きがいさめようとする手をはねのけて、今度は指先に白く揃った歯を立てる。鮮やかな赤い筋が、春華の手の甲をつたった。

「あの女、また」

ゆらり、と春華が壇上に向かおうとしたのと同時に、鷹がやっと寧々に視線を向けて、言った。

「これで満足か、南保侯爵夫人。雛はなにも失っていない。私もだ。だが貴様はどうだ？　手に入れたはずの南保家の信頼も名声もこれでおしまいだ。これからは、嘲笑されるのは貴様の方だ」

春華が動きを止める。

異母兄《あに》の怒りが、波のように伝わってくる。少なくとも、ここで寧々の味方をするのは得策ではない。春華の酔った頭でもそれくらいはわかった。

もどかしい空気に耐えられない寧々は、握りしめた拳で空中を殴るようにする。だが、自分を見る周囲の目の冷たさに気づいたのか、ハッハッと荒い息を整え、なんとか貴婦人らしい姿に体勢を立て直した。

「い、嫌ですわ。皆さまだってお嫌でしょう？　あんな『廃屋令嬢』が社交界で我が物顔をするのは！　鷹さまにはもっとふさわしい妻がいるはず。だから、私は……！」

「言いたいことはそれだけか？　貴様の所業はすべて報告されている。私の事業の邪魔をしていたことも。私だけを標的にしていればまだよかったのだがな……雛を巻き込むのなら、情けはない。だが、夫を得て華族になったことを誇るなら、最後まで華族らしくあれ。そうでしょう、皆さま！」

鷹がそう言うと、誰かが拍手をした。それは広がり、大広間全体を包む大きさになる。

誰一人味方はいないと、やっと悟った寧々が、大きく目を見開いた。

自分が、雛に敗北したことも。

「雛、もう大丈夫だ。降りてワインでも飲もう」

鷹が手を差し伸べると、雛がその上にそっとてのひらを重ねる。

そんな二人の様子を、常盤夫妻は微笑《ほほえ》ましく見守っていた。

大広間の空気がほどけかけた時、そこを切り裂くような声が上がる。寧々だ。

「……いいえ、こんなの、絶対に許さなくってよ!!」

雛に走り寄る寧々の手には、グラスに入れる氷を砕くためのアイスピック。

寧々はもう、半狂乱だった。

九割がたはうまくいくと踏んでいたことが、目の前でがらがらと崩れていくのを、認めることなどできなかったのだ。

誰もが唖然《あぜん》と見守る中、銀色に光る切っ先が雛に向かう。

「おまえさえいなければ!!」

血走った目の寧々が、アイスピックを突き出したその時——鷹のしなやかな体が雛の前に立ちふさがり、寧々の体をはね飛ばした。

きゃっと声をあげ、寧々が床に倒れ込む。

周りの華族たちは、もう声も出ない。舞踏会の場で起きた信じられない凶行に、皆、棒立ちになっていた。

「本当に……落ちたな、南保侯爵夫人」

鷹の靴が、倒れた寧々の腕をぐいと踏みつける。

追い詰められた寧々がどうなるか、心のどこかで想像していた鷹の態度は、会場の華族たちの中では群を抜いて落ち着いていた。

「ならば、殺意には殺意で返礼を。雛に手を出した貴様を殺すことを私は望んでいるが……雛、きみは？」

寧々の襲撃に呆然としている雛に、鷹が穏やかに尋ねた。この場にそぐわない唐突過ぎる問いを受け、雛は震えながら、それでも首を強く横に振る。

「殺すなんてこと、やめてくださいまし。それこそ取り返しがつきません。生意気なことを申し上げますが、人を害そうとした方に必要なのは、公正な裁きと罰だと思います。どうか、鷹さまの手を血に染めないで――」

「きみらしいな。だが、きみならそう言うだろうとも思っていた」

鷹が、どこか安堵《あんど》したような口調で肩を揺らした。

そして、答えを待つ雛に告げる。

「わかった。きみが許すなら、私も許そう」

そこまで口にすると、今度は鷹の漆黒の瞳が寧々を見下ろした。そこは、雛と話していたときとは打って変わって、すべてを凍り付かせる冷たさに満ちていた。

「やめて、鷹さま。私を殺して。こうなればもう、私が望むのはそれだけですわ」

「駄目だ。生きて罪を償え」

「どうしてそんなに甘くなられたの。今までの鷹さまなら、きっと私の首を刎《は》ねてくださったのに。ああ、その女のせいですわね。もっと早く殺しておくべきでしたわ……！」

「くだらないことを囀《さえず》るな。もしここに雛がいなくても、私はおまえを許しただろう。『憎い人間でも殺してはいけない』……そうだろう？　雛」

叔父と相対したあの日、激昂《げきこう》する鷹の腕を取って止めた時の台詞《せりふ》をすらすらと言われ、雛は少し戸惑った表情をした後、静かにうなずく。いつも通りの光を放つ雛の青の虹彩《こうさい》は、こんな場には似つかわしくないほど澄み切っていた。

「はい。どんなに憎い方でも、殺しては駄目です」

「小邑女侯はお上品ですこと。でも、先に雛さまを殺されていたら、鷹さまだって綺麗《きれい》ごとはおっしゃれないはずですわ」

床の上から、寧々が顔を歪《ゆが》めて反駁《はんばく》する。

「そのときはなおさらだ。もう雛に聞くことができないのなら、かつて耳にした言葉を忠実に守るほかない。そうしなければ、私は、私の中の雛を裏切ることになる」

「じゃあ、雛さまが『殺せ』と言えば、私を殺してくれたんですの？」

「ああ。雛が望むなら、殺しただろうな。けれど、雛はけしてそんなことは望まない。私は、雛を信じている」

ヒーッと喉を引き絞る声を寧々があげた。

「悔しい、悔しい」

涙が寧々の顔を汚していく。

「鷹さまは鷹さまでなくなってしまいましたわ。この女が……この女が……」

「黙れ。私は私だ。貴様ごときに推し量られてたまるものか。私が変わったように見えるなら、それもまた私が望んだことだ。雛に責任を押し付けるな」

寧々はもう、言葉もなく、床の上で涙をこぼしている。

雛に完敗したことと、鷹が雛をこんなにも想《おも》っていること、どちらが悔しいのか、もうよくわからなくなっていた。

「圭、別室で待たせていた警部を呼べ」

鷹がちらりと圭を見やってから、寧々に視線を戻す。

「招待客の前で雛の汚名を雪《すす》いだ上で、舞踏会が終わってから官憲に引き渡すつもりだったが、それが少し早まったな。おとなしくしていれば、ここまでの恥をかかなくてもすんだというのに……愚かな女だ」

寧々のすすり泣く声が響く大広間。

鷹のその台詞を聞いて、それまで石のように固まっていた春華が、びくりと体を跳ねさせる。

――あたしも、ああなるところだったんだわ。

もし、この場で雛さんに軽率に手を出していたら、もし、雛さんの殺害を企てる件まで寧々さまに協力していたら、お異母兄《にい》さまはあの峻烈《しゅんれつ》な眼差しで、あたしのことも裁いていたでしょう。

悔しいけれど、これを幸運ととらえなくては。

次はもっとうまくやってみせる。もっと、もっと……！

春華の唇が、音を立てずに動く。

だが、取り巻きたちはそれに気づかない。目の前で起きた大事件に興奮しているようだ。

そっと雛の肩を抱く鷹に、見とれていたと言ってもいい。

美丈夫と可憐《かれん》な少女が並ぶその姿は、出来のいい舞台の見せ場のようだ。

衝撃に震えていた雛が、遠慮がちに鷹にもたれかかる。その耳に「大丈夫だ」と鷹が囁《ささや》きかける。

「心配するな。私は、絶対にきみを守る」

◇◇◇

「報告書をご覧ください。業績は着実に改善されています」

舞踏会の日から数日後。

執務室のデスクに腰を掛けた鷹が、圭からの報告に耳を傾けていた。

「田中宝石《たなかほうせき》も取引に応じたか」

「はい。南保侯爵夫人の悪事が露見したことで、宝飾国内大手も、土岐宮商会を最優先とすることとなりました。今後は、新規開拓より手持ちの業績を伸ばすことを目指されたほうがよろしいかと存じます」

実直な口調で続ける圭に、鷹が少し考えてから答える。

「そうだな、既存取引先への営業はおまえたちに任せよう。私は支援に回る。ここまで来れば、私は自由に動けた方がいいだろう」

「かしこまりました」

「南保侯爵夫人はどうしている？」

「無実を主張しているようですが、見通しは明るくはありません。鷹さまがまとめた証拠が決定的でした。あの女を、しばらく泳がせていた鷹さまのご英断はさすがです」

「人前で雛を襲ったことには、証拠もなにもないがな。あれだけでも万死に値する」

「そのことについては、神経衰弱を起こしていたと言い張っているそうです」

「女狐《めぎつね》め。——内務省《ないむしょう》に手回しを。あの女の裁きには一片の情けも必要ない」

「さっそく、鷹さまのご意向をお伝えしておきます」

「よし」

鷹揚《おうよう》に応じていた鷹が、ふと、圭の顔を見直す。圭の視線がじっと自分のおとがいあたりを探っていたことが気になったからだ。

「……圭？」

「あ、ああ、失礼しました」

「なにか言いたいことがあれば率直に」

「いえ、特には……申し訳ありません」

「謝るくらいなら正直に話せ。特にない顔ではない」

刃の先を突きつけられる鋭さで鷹に言われ、圭がわずかに眉を寄せた。

そして、ためらいを断ち切り、口を開く。

「本当に、鷹さまはお変わりになられたと」

「そうか？　南保侯爵夫人もそんなことを言っていたな。私はそうは思わないが」

「悪い意味ではありません。鷹さまはもともと素晴らしく優れたお方です。けれど今までは、孤高過ぎてモノクロームの景色の中におられるようでした」

「おまえは活動写真の見過ぎだ」

突然、非現実的なたとえを持ち出され、鷹はばっさりと切り捨てた。

それでも、圭は、鷹に自分の意思を伝えることを決意したのか、話すことをやめない。

「かもしれません。ですが、雛さまと出会われて、鷹さまはテクニカラーをまとわれるようになりました。執事の私としてもとても嬉《うれ》しい変化です。ぜひ、雛さまと末永く……」

くだらない、と一喝されることも覚悟していた。

だが、圭の目に映る鷹は、ほのかな微笑を一瞬浮かべただけだった。

「もとよりそのつもりだ。雛は、私の妻だからな」

終章　ふたたび、浅草にて

夏の晴れた日、浅草《あさくさ》。

はしゃぐ子どもめいた軽い足取りで、雛《ひな》が通りを歩いていく。

朝顔柄を全面に染め抜いた紫の絽《ろ》の着物が鮮やかだ。胸元には、母の形見のサファイアの首飾りが、強い太陽の光をはね返している。

その姿を日差しから守るように、背後から白レースの日傘がさしかけられた。

傘を持っているのは鷹《たか》だった。

雛より広いはずの歩幅を彼女に合わせたその姿は、どこか満足そうだ。

寧々《ねね》との確執や、宝石事業の展開が落ち着いた鷹は、ようやく、雛と約束した浅草十二階《あさくさじゅうにかい》を訪れることとなったのだった。

「鷹さま、あのおこし屋さん、とても親切でしたでしょう？」

振り向く雛が爛漫《らんまん》とした笑顔で言い、鷹はそれに答えてうなずく。

「ああ。確か、以前にきみがくれた土産はあの店のものだったな。あのおこしはおいしかった。店主もきみが言う通り人柄がいい。いい店だ」

それを聞いて、雛の笑みが深くなる。ふふ、と笑い声まで、その唇から洩《も》れた。

「この前は上杉《うえすぎ》さんとご一緒したから、次は絶対に鷹さまと行きたかったんです。せっかくの浅草ですもの。わたしが楽しかったところ全部、鷹さまにも知っていただきたくて」

「私も、きみが楽しいと感じた場所を知りたい。他には？」

「わたしも初めてですが、十二階の最上階に参りましょう！　あの日は、上杉さんが怪我《けが》をされてしまって……」

しゅん、としてしまった雛の肩を、鷹が軽く叩《たた》く。

「気にするな。圭《けい》はもうすっかり癒えた。きみが怪我をした方が、圭は傷ついたはずだ」

「鷹さま……」

雛の長いまつげがぱちぱちとしばたたく。

「それより、きみが笑うことを圭も私も望んでいる。憂えないでくれ」

「……かしこまりました。上杉さんにも、お土産を買っていきましょうね」

「ああ。それにしても、きみの初めてを受け取れるのか。私は幸せ者だな」

「ま、まあ」

目を大きく見開いた雛の頬が赤く染まったのは、夏の暑さのせいだけではないだろう。

「おや、気に入らなかったか？」

「いいえ……なんだか、勿体《もったい》なくて」

「私の理解が及ばない反応だが、悪い気分ではないのだな？」

「はい。あの、嬉しい、です」

雛がもじもじと手をすり合わせると、鷹が「ならいい」と話を切り上げる。

それからしばらく、二人は無言のまま、まだ帝都でもめずらしいエレベーターで十二階を昇っていく。

雛がちらりと鷹を見上げた。

青い眼差《まなざ》しに気づいた鷹が、穏やかな双眸《そうぼう》で雛を見下ろす。

二人の間には、静かで満ち足りた空気が流れていた。

「……ついたようだ」

エレベーターの扉を雛のために手で押さえ、鷹が雛に降りるように促す。それに素直に従い、雛はとうとう、浅草十二階の最上階に足を踏み入れた。

「わあ……！」

雛が、口元に手を当てて窓辺に駆け寄る。

「すごい、すごいです！　あんなに遠くまで。鷹さまもご覧になって」

初めて経験する地上の大パノラマに、雛は興奮を隠しきれない。

光をはじく瓦、どこかの工場の長い煙突、水面のきらめく川――。

駆け寄ったガラス窓に両手を当て、雛は夢中で眼下の景色を眺めている。

「見ている。なるほど、本当に遠方まで目に入るものだ」

雛の後ろに立った鷹も、眉庇《まびさし》をしながら興味深そうにしていた。

「家々の屋根が豆粒のよう。帝都は、こんなにも広かったんですね」

「その隅々まで商会の威容を響かせるのが私の仕事だ。今回も、きみはその役に立ってくれた」

「そんな、わたしは」

戸惑う雛の言葉を最後まで言わせず、鷹は胸元から小さな包みを取り出した。

「きみへの感謝は言葉に尽くせるものではないが、せめてもの礼を」

「え？」

ハトロン紙で施された軽い包装を、鷹のしなやかな指が剥いでいく。

その中に隠されていたのは、大粒の真珠の耳飾りだった。

「あの日、きみが失った唯一の物だ。必ず返すと言ったろう」

「お気を遣われなくても結構ですのに」

「私は、自分が口にしたことを嘘《うそ》にするのは嫌いだ。さあ、手を出して」

「……わかりました。ありがとうございます」

素直に礼を言った後、おずおずと、雛が上向けたてのひらを差し出す。

そこに、鷹はそっと真珠の耳飾りを載せた。

「よければ、つけてくれ」

「はい！」

勢いよく返事をした雛が、舞踏会の日以来、空いていた片耳に耳飾りをつける。

「いかがですか……？」

「よく似合う。明日も明後日《あさって》も、その姿を私に見せてほしい。約束してくれないか？」

鷹にはっきりとそう言われ、雛の顔がどんどんと赤らんでいく。ようやく雛がうなずいたときには、その細い指先まで真っ赤になっていた。

嬉しい、嬉しい。ただその一言だけが、雛の中では繰り返されている。

この人は約束を破らない。ということは――わたしが今ここでうなずけば、サインし直したばかりの契約より、もっと重いものを手にできるかもしれない。

だとしたら、そうだとしたら。

雛がちらりと鷹を見た。

「約束なんて、喜んでいたします。でも」

「でも？　異論が？」

鷹が首をかしげる。贈り物が足りなかったのだろうか。そんな表情だ。

「いいえ、異論なんて！　でも、あの……鷹さまさえよろしければ、わたしは、明後日のその先も、鷹さまのおそばにいたいんです」

聞こえるか聞こえないかの小さな音で、遠慮がちに紡がれた雛の言葉に、ふっと鷹が息を呑《の》み、そして、破顔する。

「鷹さま？　いかがなさいました？」

あまりに思いがけないその表情に、雛が驚き、問いかけた。

「いや、すまない、なんなんだろうな、この気持ちは。愉快で仕方がない」

「ご苦労が片付いたからではないですか？」

「それだけではないような……」

鷹が、先ほどまでとは打って変わって難しい顔で腕を組む。

その様を見て、今度は雛がくすくすと笑った。

「おかしな鷹さま。いったい、なにをそんなにお喜びなのかしら」

「私にもわからない。まあいい。雛、帰り道はカフェーにでも寄るか」

「そういたしましょう」

「暑い。うんと冷たい紅茶が飲みたい気分だ」

「ミルクをたっぷりと入れて？」

「ああ」

応じる鷹に、雛が微笑《ほほえ》みかける。

そして、ミルクより白い真珠に指を添えながら、口を開いた。

「素敵ですね。きっと、今日は忘れられない一日になりますわ」

あとがき

はじめまして。七沢《ななさわ》ゆきのと申します。一巻を読んでくださった方は、お久しぶりです。『侯爵令嬢の嫁入り』二巻をお手に取っていただき、ありがとうございます。

一巻と同じく、華族を中心にした大正ロマンの世界です。今回は、鷹《たか》と雛《ひな》の間に波乱が起きます。その波乱がどんなものかは、ぜひ本編でお確かめになってください。

二巻にも素晴らしいイラストを寄せてくださった春野薫久《はるのたく》先生、物語のモチーフを盛り込みつつ描かれた鷹と雛の二人は華麗の一言に尽きます。ありがとうございました。

この巻から替わった編集者さん。のんびりとした私を気遣ってくださってありがとうございます。いつも頼りにしてしまってすみません。

他にも、校正者さん、デザイナーさん、日常を支えてくれる家族……たくさんの方々に支えられて二巻も刊行することができました。

最後となりますが、なにより、読んでくださる読者さまに最大の感謝を申し上げます。着実に進んでいく鷹と雛の物語を、どうか見守ってやってください。

お便りはこちらまで
〒一〇二―八一七七
富士見L文庫編集部　気付
七沢ゆきの（様）宛
春野薫久（様）宛

富士見L文庫

侯爵令嬢《こうしゃくれいじょう》の嫁入《よめい》り 二
～その運命《うんめい》は契約結婚《けいやくけっこん》から始《はじ》まる～

七沢《ななさわ》ゆきの

2023年9月15日　初版発行

発行者　山下直久
発　行　株式会社 KADOKAWA
〒102-8177　東京都千代田区富士見2-13-3
電話　0570-002-301（ナビダイヤル）

印刷所　株式会社暁印刷
製本所　本間製本株式会社
装丁者　西村弘美

定価はカバーに表示してあります。

●お問い合わせ
https://www.kadokawa.co.jp/（「お問い合わせ」へお進みください）
※内容によっては、お答えできない場合があります。
※サポートは日本国内のみとさせていただきます。
※Japanese text only

ISBN 978-4-04-075136-8 C0193